GUI YANG 归羊

时代出版
时代出版传媒股份有限公司
安 徽 文 艺 出 版 社

作者(左）和陈子善教授

作者简介

汪军，原籍桐城。地域文化学者、作家、摄影师，皖江文化研究会会长。文化著述有《我在皖江的日子》《晚清安徽巡抚邓华熙史略》《皖江文化与近世中国》《记忆场：晚清民国安徽省会安庆城市文脉》《街头与市井》，小说作品有《喘息》《行在阳秋》《仙霞关》。

归羊

GUI YANG

汪 军……………………作品

APGTIME 时代出版
时代出版传媒股份有限公司
安徽文艺出版社

图书在版编目（CIP）数据

归羊/汪军著. —合肥：安徽文艺出版社，2020.4
ISBN 978-7-5396-6765-2

Ⅰ. ①归… Ⅱ. ①汪… Ⅲ. ①中篇小说—小说集—中国—当代 Ⅳ. ①I247.7

中国版本图书馆 CIP 数据核字(2019)第 189206 号

出 版 人：段晓静
责任编辑：张妍妍　宋晓津　　装帧设计：高　欣　徐　睿

出版发行：时代出版传媒股份有限公司　www.press-mart.com
安徽文艺出版社　www.awpub.com
地　　址：合肥市翡翠路 1118 号　邮政编码：230071
营 销 部：(0551)63533889
印　　制：安徽新华印刷股份有限公司 (0551)65859551

开本：787×1092　1/32　印张：5.125　字数：120 千字
版次：2020 年 4 月第 1 版　2020 年 4 月第 1 次印刷
定价：28.00 元(精装)

序

“重走郁达夫之路”

陈子善

我在“新浪”开微博多年，可喜的收获之一就是结识了不少喜欢中国现代文学的“脖友”（微博谐音“围脖”）。一个偶然的机会，我注意到了名叫“汪军东西均”的微博，以及这个围脖不断介绍的“重走郁达夫之路”。“重走郁达夫之路”有图有文，图都是稀见的老照片，文则直奔主题，干净利落，因此，我多次转发并加以评论，记得有一条是这样说的：“在郁达夫研究中，他安庆时期的活动和写下的 A 城系列小说，一直是个薄弱环节，所以，‘重走郁达夫之路’活动应该充分肯定。”

汪军是安徽安庆人，他深爱自己的故乡，对安庆这座长江之畔的历史文化名城有着特殊的感情，因此，他担任了皖江文化研究会会长。“重走郁达夫之路”正是皖江文化研究会每年一次的“寻拍老安庆”系列活动之一。作为安徽省的老省城，“桐城派”的故里，安庆人文积淀深厚。汪军他们每年变换一个主题，发掘快要湮没的历史信息，寻拍劫后幸存的历史遗迹，吸引了不少年轻的朋友，在当地产生了越来越大的文化影响。去年他们的活动主题是“追寻黄炎培先生足迹”，我在汪军的微博上看到了黄炎培先生之子、经济学家黄方毅教授也参加了。

回到“重走郁达夫之路”，准确地说，“重走”的是“郁达夫安庆之路”。喜欢郁达夫的，也许都知道，郁达夫一生曾数次踏上安庆的土地，主要有两次。第一次是一百年前，即 1921 年 10 月到安庆，执教安徽公立法政专门学校，从而开启了他的教学生涯；最后一次是 1929 年 9 月底到安庆，拟担任安徽大学文学院教授之职，但仅一个星期即返回上海。这两次安庆之行，尤其是第一次，在郁达夫的文学创作史上留下了深刻的印记，产生了《茫茫夜》《秋柳》《迷羊》等“A 城系列小说”。

1921 年 9 月初，郁达夫从日本回到上海，到泰东图书局接替郭沫若主持《创造季刊》创刊编辑工作，在初步编定《创造》创刊号目录并在 9 月 29 日上海《时事新报》刊出《纯文学季刊〈创造〉出版预告》之后，郁达夫即乘船赴安庆，10 月 1 日抵达，次日就到法政专门学校报到。当时安庆高校为吸引京沪当地的教育人才，采取高薪聘用政策，郁达夫教授英语、欧洲革命史等课程，月薪两百元（沈雁冰当时在商务主编《小说月报》，月薪才一百元）。郁达夫到安庆最初四天的观感，后有《芜城日记》记之，这也是目前所知郁达夫在国内报刊上发表的最早的日记。

就在郁达夫抵达安庆的当月，他的成名作中短篇小说集《沉沦》由泰东图书局初版，郁达夫由此在中国文坛上震惊四方。《沉沦》的问世，“在中国的枯槁的社会里面好象吹来了一股春风”（郭沫若《论郁达夫》），激烈的争议也接踵而至。为此，郁达夫11月27日在安庆给北京的周作人寄去一本《沉沦》和一封英文函，希望周作人“出自内心对我的作品进行批评”，促使周作人四个月后在《晨报副刊》“自己的园地”专栏发表了书评《沉沦》。这就是中国现代文学史上颇为有名的“《沉沦》事件”，而这事件必不可少的一环是在安庆。

郁达夫在安庆执教这个时期，显然是《沉沦》思绪的延续。一个刚崭露头角的新文学作家，在安庆这座古城里，结识张友鸾等年轻同好，纵论中外文学，又留意日出日落，也不免醇酒妇人，这种生活正是郁达夫所一直向往的那种自然主义的生活方式。以这段人生体验为背景，郁达夫在紧张的教学之余，赶写小说《茫茫夜》，1922年2月寒假回上海后定稿，替代《纯文学季刊〈创造〉出版预告》中预告的《圆明园之秋夜》编入《创造季刊》创刊号发表，从此拉开他的“A城系列小说”的序幕。《茫茫夜》的主人公名于质夫，作为郁达夫小说中极具代表性的“零余者”艺术形象，于质夫这个人物不仅贯穿了《茫茫夜》《秋柳》等“A 城系列小说”，而且还出现在《怀乡病者》《风铃》等郁达夫早期小说之中，其影响之大，以至郁达夫友人易家钺(易君左)在他的以郁达夫为原型的小说《失了魄的魂》(收入《西子湖边》，1924 年 6 月泰东图书局初版)中的主人公也名游质夫。

五年之后，安庆的这段生活仍使郁达夫挥之不去，无法忘怀，于是他再次拿起笔来，写下了中篇小说《迷羊》(1928 年 1 月北新书局初版)。他在《〈迷羊〉后叙》中开宗明义：“五六年前头，我在 A 地的一个专门学校里教书。这风气未开的 A 城里，闲来可以和他们谈谈天的，实在没有几个人。”尽管仍是追述安庆这一段时光，地点仍在“A 地”，但《迷羊》主人公的名字改了，不再叫于质夫而叫王介成。当然，不管是于质夫，还是王介成，安庆是郁达夫这一时期小说创作的一个重要源泉却是始终如一。

郁达夫对安庆留下美好而又复杂的记忆，不断形诸笔墨，除了《茫茫夜》《秋柳》《迷羊》，他在《茑萝行》中也写到“A 地”，而安庆也没有忘记郁达夫。省立安徽大学成立后，文学院又于 1929 年 9 月电聘郁达夫担任文学教授，月薪三百四十元，而且先预支一个月，待遇不可谓不高，他于是在 9 月 29 日再到安庆，入住百花亭安徽大学。第二天是“清秋的好天气”，他发信周氏兄弟等好友报告行踪。接下来几乎天天“晴爽”，他会友访古，还校读译稿，颇为忙碌。原计划 10 月 7 日即开讲“文学概论”，不料 10 月 6 日突然冒雨乘船返沪，“行李衣箱皆不带，真是一次仓皇的出走”（以上引自郁达夫《断篇日记》），原来友人邓仲纯及时通报郁达夫有人要加害于他。郁达夫与安庆的因缘由此划上令人遗憾的句号。

上面所说的这些，汪军想必早已烂熟于心，他还在《两个觉醒》的微博中进一步指出：“作为辛亥革命重要策源地之一的安庆，是一座铁血城市，二次革命失败后，以岳王会为骨干的革命党人对皖北倪嗣冲军阀的抗争一刻都没有停止。《新青年》集结了皖江党人,直皖战争皖系战败又是一个契机。在陈独秀、胡适等旅京、旅沪知识分子鼓励下,1921年安庆先后爆发‘六二’学运和‘驱李’运动,庆祝‘驱李’胜利的万人大游行彰显了蓬勃的市民精神。正是这些元素构成了郁达夫‘A城系列小说’的背景,他要表达的正是市民精神的觉醒。《秋柳》中的陆校长,就是郁达夫任教的安徽公立法政专门学校校长光明甫,安徽知识界的灵魂人物。……而延续日本《沉沦》时代,郁达夫‘A城系列小说’大胆地暴露自己的内心世界和隐私欲望,又是人的觉醒,这也是五四新文化运动的产物。”

或许正是从这“两个觉醒”的认识出发,“重走郁达夫的安庆之路”,久而久之,汪军萌生了一个新的大胆的想法,那就是创作一部小说,让于质夫仍然当主人公,让于质夫重归安庆,再现他在安庆的日日夜夜和在“两个觉醒”中的心路历程,这就是这部六万多字的《归羊》。

我读完《归羊》后发现，这部小说的行文是郁达夫式的。小说从于质夫最后一次到安庆开始叙述，不断穿插于质夫第一次到安庆的追忆，字里行间处处散发着生命觉醒的气息，以及对“两个觉醒”的强烈渴望。在《归羊》结尾，于质夫与文学院杨院长曾有一番长谈，两人共同回顾了安庆那段风云激荡的岁月。杨院长当为杨亮功，后来也担任过安徽大学校长。安徽自治运动期间，他是省立第一中学校长，才二十多岁，与法政专门学校校长光明甫、省立第一师范校长李光炯等在一起，同声相应，同气相求。时隔八年，于质夫与杨院长的精神再次发生交集，拥有这一段共同的人生记忆。这是《归羊》的激昂之处，透露出一缕光明的温暖、一丝希望的憧憬，这也是那个时代的“两个觉醒”赋予于质夫的生命色彩。

汪军的《归羊》重新构思了于质夫的大结局，虽然晚了近一个世纪。于质夫生命意识的高扬，不也象征着郁达夫灵魂的复活与再生？这是一场跨越时空的文化意识的对接,也是一个极有意思的尝试。而且,《归羊》也可视为“重走郁达夫之路”的一种特殊方式。明年正好是郁达夫到安庆一百周年,小说《归羊》的出版和“重走郁达夫之路”活动的继续,是今天“A 城”也即安庆市民对郁达夫的最好的纪念,故我乐意为之作序。

庚子年三月初一于海上梅川书舍

(陈子善,当代著名文学理论家,曾任华东师范大学中国现代文学资料与研究中心主任。长期从事中国现代文学史研究,致力于二十世纪中国文学史料学的研究和教学。)

于质夫在上海收到A省大学文学院寄来的聘书及预支的一个月薪水。此刻午后的阳光透过白色窗帘暖烘烘地照进卧室，他舒服地陷在沙发中，眼前浮现出八年前的A城，宝塔下的山城在江波中涌现。那是他的第一份职业，刚从日本留学回国不久，他就被A省公立法政专门学校聘为英文教员。那年他二十五岁。

新婚不久的太太也支持他到A城，因为大学给的薪水比较高，上海物价高，挣钱又很难。月薪三百四十元，足够在上海过一种体面的生活。她端来一杯咖啡，坐在沙发上，与于质夫依偎在一起，想象着没有老公的自由生活，脸上露出幸福的微笑。

于质夫乘坐江安轮溯江而上，两天两夜抵达A城招商局码头。岸上人声喧闹，他没怎么停留，从大南门进城。进入城门后，他拾级而上，到了登云坡顶端，经过药王庙、城隍庙，穿过四牌楼、三牌楼，这是A城最繁华的地段，也是他熟悉的地方。当他穿过这些地方时，记忆就像一页页书页迅疾地翻过。

下午于质夫到达A省大学所在的百花亭。这原先是一座名为圣保罗的教会学校，属基督教圣公会，北伐时学校停课，美国人坐船跑到上海去了。刚成立的A省大学校舍还在城外菱湖之畔筹建，于是就租用了教会的校舍。在学校校工的带领下，于质夫住进了校长楼后面的一栋教职工宿舍楼，就在北门城墙下。

把行李安顿好后，于质夫休息了一会儿，已是黄昏时分。这是秋天的黄昏，秋天是A城最美的季节，日日都是高远的蓝天，大地色彩缤纷。于质夫走出门，屋后的城墙与八年前相比，有一部分已经坍塌了，所以他很容易就爬上城墙。城壕之外一片灰色的房子，就是八年前他任教的A省公立法政专门学校校址，已经停办了，现在是A省大学的男生宿舍，那里正在筹建教学大楼，百花亭这边的校舍与圣公会的租约到期后，整个大学都要搬过去。

城外法专校址西侧就是菱湖公园，过去每当这个时候，于质夫吃完晚饭，都要到菱湖公园散步。他很想再去，但要出城，从城墙走到大北门，再沿城壕走到菱湖公园，路很远，恐怕要一个多小时。他于是打消了想法，下城墙后到学校的足球场散步。

足球场在学校南侧的坡下，与培媛女校毗邻，四周栽满高大的香樟树，有好些老师也在这里散步。没多久，于质夫就遇见了到A城后的第一个熟人，也是他八年前在法专的同事——吴风世。

吴风世先看见了于质夫，兴奋地过来和他拥抱，大声说：“我早知道你要来A省大学任教，没想到这么快就来了！”

于质夫这两天旅途的郁闷情绪一扫而光，八年前的景象照亮了他的记忆，青春的气息扑面而来。当年第一次到A城，因为吴风世和他在日本留学就已认识，又是法专同事，课余时间两人几乎天天在一起。现在吴风世也在A省大学任教，两人又成了同事。

另外让于质夫惊诧的是，吴风世一点变化也没有，岁月在他的身上似乎没有留下一点痕迹，他还是那么风流倜傥。所以，当再次看见吴风世时，他的身心全然回到了八年前，而这也是他选择应聘A省大学的原因。

两人沿着跑道走了一圈又一圈，有聊不完的话题，虽然旅途劳顿，可于质夫一点也不觉得累。他胸中涨溢着青春和激情，眼里闪烁着希望的光，仿佛上帝的安排，瞬息便回到了往昔。

“她们都还好吗？”

吴风世自然明白于质夫的心事，他甚至也部分地猜到了于质夫重回A城的理由。当年吴风世带着于质夫玩遍了A城各个欢场，于质夫认识的女人，吴风世多半都认识，有的还是他介绍的。该如何回答于质夫的问题？在清凉的夜气中，在朦胧的月光下，吴风世停住了脚步，幽幽地对于质夫说："她们都很好，都惦记着你。她们以为你早就忘记了她们，现在你回来了，她们肯定都很高兴。"

八年前离开A城前的那晚，于质夫在南门小蓬莱酒楼与她们话别，海棠、碧桃、荷珠、翠云都在，法专同事吴风世、倪龙庵也在，只有一个朋友程叔和有事没来，基本算到全了。那晚于质夫讲了很多话，边讲边凝望窗外的招商局码头，明天清早他就要在这里坐船回上海。小蓬莱酒楼在大南门内登云坡坡顶，居高临下，可以俯瞰大南门城墙，城墙外冬日寂寥的大江也尽收眼底。那晚碧桃还唱了歌，泪光点点，那首歌是几月前他们在城中心御碑亭华洋义赈会游乐场听见的。在秋光中，突然听见这首好听的歌，他们都停住了脚步，两人的手紧紧攥在一起，后来不久碧桃就学会了这首歌。

今天于质夫在招商局码头下船，从大南门进城，拾级而上，在坡顶路过小蓬莱酒楼时，没有停留。走过四牌楼、三牌楼中间的御碑亭时——御碑亭东侧就是金钱巷——他也没有停留。路过这些地方并没有唤醒什么特别的记忆，晚上于质夫与吴风世在百花亭操场聊天时，往日场景却异常汹涌地占领了脑海，把这八年的生活痕迹冲洗得干干净净。于质夫感觉到，此刻他与“过去”无缝接轨了，没有丝毫的疏离感。而找回往日的感觉，也是他这次重回 A 城朦朦胧胧的目标。这些年来，他在上海得到了很多，可生命的感觉越来越迟钝，全无早年 A 城时期的凌厉和清新。一只迷途的羔羊，此刻又回到了自己熟悉的家园。

第二天上午，于质夫到校长楼拜访了王校长和文学院杨院长，这两人都是A城资深的教育家，留学过欧美。校长楼是一幢欧式别墅，以前是这座教会学校的校长楼，东侧坡下圣三一教堂规模很大，隔壁培媛女校的学生都到这里做礼拜，现在被改造为A城大学大礼堂。

杨院长在房间里的木地板上走来走去，对面容略带拘谨的于质夫说："离开课还有一周时间，你可以到街上去买一些生活必需品。要不要我安排一个校工陪你一道？"

"不用的，A城我很熟悉，八年前我在法专教过书。"

"这个我们都清楚，也读过你写的小说，聘请你来大学任教，就是因为你有浓重的A城情结，知道你不会拒绝的。"杨院长笑嘻嘻地说，于质夫的拘谨也消除了很多。

杨院长与于质夫同岁，八年前于质夫在法专任教时，杨院长在A城省立第一中学任校长，第二年杨院长被 A 省公派到美国留学，两人当时没什么交集。他打算同于质夫聊聊那一段时光，和于质夫一样，那也是杨院长颇为留恋的峥嵘岁月，但这时办公室又进来两个教授，话到嘴边又咽下了。

走出校长楼，于质夫有些迷惘，时空的错乱让他感觉自己与八年前已经合体了。眼前明媚的秋光、高远的蓝天，让他觉得身心舒畅，他想要去以前常去的西城外覆盖秋草的小山丘、遍布芦苇的沙洲看看，巡行一下旧日风景。

八年前从法专到沙洲，沿着城墙、护城河一直往西南方向走，静谧的田园风光，一条小道笔直地通向远方。于质夫出大北门，重又踏上了这条小道，在秋天的光影中，他感觉似乎什么都没有改变。

路过大北门外小街时，他像以前一样在杂货铺买了一袋花生米，躺在以前常来的小山坡枯黄的秋草中，边吃花生米边看书。眼前就是芦苇密布的沙洲、一望无际的长江，阳光越来越温暖，铺盖了他的脸部和全身，他感觉自己在慢慢地融化。逝去的光阴如烟雾般散去，他还是八年前的他，这不是自欺欺人，时间本来就是一团混沌，是记忆的链条编织了时间的顺序。一旦你失忆了，定格在某一个时空点，你也就逃逸到了时间之外。

于质夫咀嚼着花生米，四周花草香气扑鼻。他想起临出门时，吴风世急匆匆找到他，对他说："你一个人先四处转转，下午三点我们在大观亭茶楼会合，晚上一起到大南门杨氏清真牛肉馆吃饭。"

吴风世说的地点都是他们以前常去的地方，于质夫感觉风世同他一样，两人重逢后，也与"过去"无缝接轨了。

到了正午时分，阳光热力加大，于质夫有些出汗了，他决定下坡，先到沙洲芦苇荡走走，然后到大观亭。和从前一样，这一片芦苇荡依旧是于质夫的领地，似乎从来没有旁人来过。于质夫穿梭在芦苇中，苇叶的沙沙声，摇摇晃晃的阳光，心脏跳动的声音，一缕一缕的思绪在芦苇丛中飘荡。他找到了那块地方，迅猛地踩芦苇。芦苇成片哗哗地倒下，一块小小的空地隐藏在密集的芦苇中，所有的阳光都向这一块空地倾泻，大密度、毫无保留、金属般质地的阳光。

于质夫躺在这块空地上，八年前的往事如同发生在昨天。也是这样阳光灿烂，他和她来到这片芦苇荡，也像方才这样急切迅猛地踩出一片空地，阳光大密度倾泻，像一床厚厚的被褥，他们就在这暖和的“被褥”下相拥。生命的强度与阳光的强度合二为一，他和她大汗淋漓，芦苇轻轻摆动，发出低沉、浑厚、有力的大合奏，时有时无，又似乎是来自沙洲土地深处的声音。

她是谁?

记忆唤起的热血充满了于质夫全身，她是一个赤身裸体的女人，面目不是很清晰。生命的激流汹涌过后，他开始凝视她的脸颊，却依然模糊。于质夫坐起身，脑袋从热烘烘中开始清醒，那张面容在四周的芦苇中游走，而她丰满的躯体、体温、气息还在于质夫的怀抱里。于质夫的眼睛追逐着飘忽的面容，竭力想把她看清。记忆虽然出现了障碍，但生命的感受仍在强有力地延续。

走出了沙洲芦苇荡，于质夫沿着城外盐河来到大观亭茶楼。吴风世已到了，点了一壶绿茶和几个茶点，两人边喝茶边聊天。

“又到西门外了？印象中你特别喜爱西门外洪荒的风景。”

“是的，仿佛有一股力量牵引着我。不过，有一幕场景很逼真，但是我想不起曾和谁一起去过。”

吴风世脸上露出诡异的笑容：“你真的全然忘记了？以前你也总是很健忘。”

“真的一点印象都没有了，只记得发生的事情，人就是想不起。海棠？碧桃？”

“也可能都不是，想不起来就不要想了。这一次你回来，说明你还没有忘记过去的朋友，这就够了，也不枉这些年还念叨着你。”

“或许会有人告诉我的，肯定的，帮我完整地还原那一段青春岁月的记忆。”

“当年和我们一起玩的朋友，倪龙庵已经回湖南了，他年纪最大，好久都没联络了。程叔和一直在A城经商，和她们一直都有来往。”

于质夫听了有些意外：“怎么，这些年你没去鹿和班了？你和荷珠现在怎么样？”

“你走后，我就很少去鹿和班了，她们的消息，多半是程叔和告诉我的，荷珠我有好久都没见了。今晚我约了程叔和到大南门杨氏清真牛肉馆吃饭，你以前常去的地方。”

于质夫听了，隐隐地有些失落，他以为那些姑娘还在金钱巷鹿和班，他和吴风世、倪龙庵、程叔和还和以前一样到鹿和班饮酒打牌，姑娘们坐在旁边，趴在他们肩上，屋子里欢声笑语。时过境迁，毕竟已经过去了八年，瞬间于质夫又回到了现实世界。

于质夫和吴风世穿过西门大街，从大西门进城，上司下坡，经过龙门口、倒扒狮、四牌楼，到达大南门街。虽是傍晚，街旁城隍庙、药王庙依旧热闹，有不少人在这烧香拜神，非常虔诚。杨氏清真牛肉馆就在大南门街下坡处，向西拐入一条窄巷，很幽僻，饭馆也不大。坡顶的小蓬莱酒楼灯火辉煌，达官名流多在此宴请。这两处以前于质夫都常来，有着不同的风味。

程叔和已等候多时了，他看到于质夫很激动，紧紧抱住于质夫的双肩。八年前刚刚留学回来的于质夫还是一个青涩的青年，不谙世事，年长于质夫六七岁的吴风世、程叔和带着他在 A 城漫游，像哥哥一样照顾他、关心他。

大南门是回民居住区，这里的牛肉在沿江一带颇负盛名，程叔和一口气点了清炖牛肉、红烧牛筋、牛脑髓汤、炒牛肉丝、五香牛肉脯、牛鞭煲，分量十足。点的酒也是于质夫当年爱喝的A城当地白酒，酒香扑鼻。

程叔和是徽商出身，在A城大墨子巷徽州会馆旁边经营文具和书籍，于质夫和吴风世常到那里买书，交往比较密切。说到了自己的生意，程叔和先与于质夫碰杯，一口饮尽，道："这些年，只要是质夫的书出版了，我马上进货，自己先睹为快，然后推荐给A城的文友。"

于质夫双手作揖："谢谢叔和兄。"

"你的很多小说都写到A城，也写到我和风世，都是年少轻狂的事。还有鹿和班那些姐妹，她们也爱读你的书。"

"她们也读过我的书？"于质夫心跳到了嗓子眼。

"她们是书中的主角，怎么会不看？边哭边看，你让她们的生命获得了尊严，也获得了不朽。"

多愁善感的于质夫听了，几杯酒下肚，变得非常感性，趴在桌子上呜呜哭了起来。他抹去眼泪，急切地询问程叔和：“她们在哪里？都还好吗？”

“她们如今都不在鹿和班了。鹿和班我还去玩，早就换了好几茬新人了，铁打的营盘流水的兵。”

吴风世见于质夫酒已经多了，对程叔和说：“质夫醉了，海棠、碧桃她们的事，明天再告诉他。等会按原定计划，吃完饭后到鹿和班坐坐。”

走出门，江风清凉。被风一吹，于质夫在街角呕吐，头脑清醒了许多。三人走到御碑亭，向东拐进金钱巷，鹿和班就在中间，门头比较大，灯笼也格外红。

程叔和熟门熟路，像到了自己的家一样。假母叫了几个姑娘进来陪，围坐在一起打牌。三缺一，假母自己也上场了。

那几个姑娘被假母安排得也很巧妙：坐在于质夫身边的，年纪大一点，很像当年的海棠；吴风世、程叔和身边的姑娘，则有他们的老相好荷珠、碧桃的身影。

假母笑着说：“叔和同我说了，你以前也是我们这里的常客，这次回来，一定要玩得开心。”

于质夫心神不宁，常常出错牌，他心里面都是海棠、碧桃、荷珠她们，这次很快就接受A省大学的聘书，多半也是惦记着她们。仿佛只要见到了她们，他就可以回到从前，青春的时光可以再现。

坐在对面的程叔和还是和以前一样，说着A城俏皮话，与姑娘搂搂抱抱，他身边的“碧桃”永远都是十七八岁。于质夫突然明白，他这么急切地回A城寻找，就是因为自己的内心已经老了，只有程叔和没有变，像当年一样，只活在当下。

假母坐在于质夫的下手，乐呵呵的，不是吃就是碰，一场牌打下来，假母一吃三，一个人赢了钱，笑嘻嘻地走了。

吴风世招呼于质夫喝茶，有些感慨地说：“当年质夫是最热闹的，打牌通宵达旦，几个姑娘都围在你身边。”

“是啊，只要质夫来了，碧桃根本就不理我了，靠在质夫肩上，两个人有说不完的悄悄话。”程叔和在一旁也说道。

于质夫辩解道：“这还是不同的，假使今晚来的是海棠、碧桃、荷珠她们几个，我会玩得开心的。”

程叔和沉默了一会儿，对于质夫说：“其实是一样的，你只要把她们当作海棠、碧桃、荷珠就好了。你还一直在过去的时光里，其实我和风世都知道，你这次回A城，就是要找回过去的感觉，我们也一直怀念那段时光。但这种寻找，只是找回那时的心态、那时的活力，不是真的要回到过去，而是要用那种心态和活力投身到现在的生活当中。”

吴风世点点头：“叔和方才说的，我认为是最关键的。当年你刚从日本留学回来，单身一人，我和叔和也整天无忧无虑，那确实是一段快乐的时光。而且，你的几本书记录了我们那时的生活，经常翻阅，记忆又不断地得到强化。或许我们在A城久了，对过往的人事不是太在意了，更在意生命感觉的延续。而你离开了那么长时间，或许她们的出现，是你重回逝去的青春时代的媒介。”

吴风世顿了顿，又补充了一句：“不过八年了，她们的变化都不小，你要做好心理准备。”

于质夫说：“你不是说她们过得都挺好吗？”

“她们过得都挺好，但她们如今都不再是当年的样子。”

程叔和接着吴风世的话说：“我们当年开心，是因为我们本来就开心，不是因为和哪个姑娘在一起。我们还可以像过去一样，在鹿和班打牌、饮酒，这里的姑娘还是像当年一样青春迷人。”

于质夫觉得吴风世、程叔和说得都有道理。今天从大南门杨氏清真牛肉馆，到金钱巷鹿和班，就是往日他们经常过的生活，他们依旧有滋有味，而于质夫却已不在状态，这种重复的生活不再让他感到快乐。过两天如果真的面对他日思夜想的海棠、碧桃、荷珠她们，他会失望吗？他会因此而获得新生吗？

第二天早晨，于质夫醒来时，已是半晌午了，头微微有点痛。A 城的天气，到了秋季，几乎日日都是高远的蓝天，有一种辽阔的宁静，好像神灵在注视着这座城市。晴和的光线从窗户射入，于质夫满脑子又是海棠、碧桃。昨晚从大南门的牛肉馆到金钱巷的路上，他以为在鹿和班能见上她们，没想到是这样的结局。他有点恼怒吴风世和程叔和，他们似乎在诓骗他，说什么都是振振有词，假使一直都不让于质夫和她们见面，他们肯定也会说出一番理由。

于质夫决定自己到街上转转，A 城并不大，市中心游乐的地方也就那么几个，或许能够与她们碰上面。他想起有次在御碑亭游乐场遇见了海棠和碧桃，还请她们在旁边的海洞春酒楼吃广东菜，那真是一个快乐的午后。

走到宿舍门外，于质夫发现吴风世、程叔和二人早就站在那里。吴风世对于质夫说："我们早就来了，看你还没起床，就没叫醒你。"

于质夫心里有些感动，觉得错怪了这两个朋友。

"风世、叔和，谢谢你们。我昨晚临睡前也想了很多，这次来A城是有些冲动，把妻子丢在上海不管。我沉迷于八年前年轻时的那些感觉，幻想时光能够凝固，这是不切实际的想法。我已变了很多，像昨晚那种欢场，我一点感觉也没有了。我感觉自己回不去了，就算海棠、碧桃、荷珠她们一点也没变，我也回不去了。"

吴风世习惯了于质夫的多愁善感，安慰道："质夫，这些年我们都想着你，你有这份心意回到A城，我们就无比满足了。我和叔和这两天都在商量，一定要让你满意，让我们的友谊和当年一样充实饱满。”

“也不能太麻烦你们了，我的许多要求也是无理的。我准备出门到御碑亭去，以前我在那里的游乐场遇见过海棠和碧桃，对那个午后一直印象很美好。”

程叔和与吴风世相互递了一个眼色，然后说道：“那就这样，我们陪你一起到御碑亭，中午就在海洞春酒楼吃饭。”

记忆牵引着于质夫，三人穿过弯弯曲曲的小巷，来到了城中心三牌楼与四牌楼之间的御碑亭游乐场。程叔和对于质夫说：“你和风世玩会儿，我回店里一趟，马上就过来。”

天气晴好，游乐场里有不少人，大多是母亲带着小孩。每当有女人从身边经过时，于质夫就盯住看半天。吴风世知道他的心思，笑着说：“你放心，要是遇见了，她们会先认出你的。”

于质夫听了有些困惑：“怎么，难道她们变化真的很大吗?”

“女人嘛，不比男人。像你，和八年前相比，外表几乎没什么变化，不过你的心态变化还是很大的。”

“风世兄，你要理解，我想见她们，就像想见你和叔和一样。都是刻骨铭心的老朋友。”

“她们和我们是不一样的，我不认为男人和女人能做普通朋友。她们是你青春活力的燃烧剂，你幻想与她们重逢的瞬间，生命再度璀璨地绽放。而这正是我和叔和担心的，怕不能如你所愿。”

于质夫隐隐也知道见面后的情形，不一定是他想象中的那样，但好奇心占据了他的身体。这时程叔和来了，带来了昨晚在鹿和班见到的几个姑娘，在明媚的秋光中，她们显现出惊人的美丽，与昨晚昏暗灯光下的感觉完全不同。于质夫一下就被吸引住了。

吴风世说：“叔和，原来你是去找这几个姑娘了。”

程叔和对于质夫说："昨晚喝多了，也没好好玩，我再给你介绍一下这几个姑娘。"

年纪大一点的昨晚陪于质夫的，叫春红，比当年的海棠漂亮多了，身材也高大丰满得多。另外两个，一个叫月光，昨晚陪程叔和的，清纯稚嫩，活脱脱碧桃的翻版；一个叫莲霞，非常活泼，与荷珠的风格大不相同，她与吴风世很亲昵。

于质夫情绪大好，几个人一起坐旋转木马。他和春红坐在一起，春红坐在前面，他在后面紧紧抱住春红的腰，感觉温温软软的，春红身体散发的气息又是缠缠绵绵的。于质夫闭上眼睛，靠在春红背上，随木马旋转，上下颠簸，广播里音乐的节奏也很适宜，温软而缠绵，与春红身体的气息混合在一起，包围在于质夫的四周。于质夫处在一种极其放松的状态，对春红说了很多情话，都是恰到好处。于质夫感觉自己每说一句，春红的身体都在打开、膨胀，她转过身对于质夫说："昨晚你那么严肃，没想到你也是一个感性的男人。”

像从前一样，于质夫的话匣子终于打开了，滔滔不绝：“春红，我原本从日本留学回来后就在A城教书，八年前了，那时才二十几岁，薪水给得也很高。我比较害羞，性格也很孤僻，不善交往，见到女孩就脸红，一直都很是性苦闷，还常常手淫，搞得自己很虚弱，天天担心自己得了什么毛病。到了A城后，两个大哥风世、叔和带我出来玩，在鹿和班认识了好几个姑娘，她们都对我特别好，我少年时期的很多心理问题，都开始好转了。风世、叔和什么事情也都让着我，就是我和他们喜欢的姑娘在一起，他们也都不介意。这一次重回A城，应聘到A省大学教书，其实我就是想再见到他们，和他们快乐地在一起。我结婚了，太太很漂亮，也有了自己的孩子，步入中年后，我却越来越惶惑，青春时代的感觉慢慢迟钝，以前自己的生命和大自然是融为一体的，清新而热烈，现在隔膜越来越深。我这次回来，就是想回到过去，让昔日的活力灌注全身，大家开开心心地欢度时光。”

于质夫激情澎湃，说得太大声了，虽然广播里有音乐声，但他们都听见了。旋转木马慢慢停下来，众人围在于质夫身边，春红拉住他的手。程叔和对于质夫说：“质夫，我们一直都以有你这样的朋友为荣，你就把春红、月光、莲霞当作海棠、碧桃、荷珠，当你做到了，你就真的回到了我们当年的时光。现在不早了，我们到海洞春酒楼吃饭去。”

中午酒楼客人不是很多，秋阳隔着西式的大窗户照射进来，里面暖烘烘的。从游乐场出来后，于质夫全然像换了一个人，喝酒豪气，说话滔滔不绝。而这正是过去的于质夫，吴风世、程叔和心里很欢喜，他们看到那个过去的于质夫已全然复活了。

程叔和笑着说：“质夫，过去我们在一起玩，你身边有一个海棠了，还盯着我和风世的姑娘，现在可不许这样了。”

吴风世也道：“我们第一次到鹿和班，那么多年轻漂亮的姑娘你不要，偏选了一个年纪最大、姿色又不怎样的海棠，她还有一个小孩，你的癖好真是异于常人。”

程叔和听了，表示反对：“绝对不是这样，质夫一来，碧桃就把我抛在一边，与质夫打情骂俏，质夫喜欢的是碧桃。你的荷珠，质夫也是喜欢的，他就是不喜欢海棠。”

两人一唱一和。不知是喝了酒还是因为害羞，于质夫脸色变得酡红，他站起来辩解道：“海棠在鹿和班客人少，又有小孩要养，我一开始是同情她的。时间久了，觉得海棠非常善良，又善解人意，其他姊妹也很尊重她，我也就慢慢喜欢她了。海棠爱热闹，有时我和碧桃、荷珠打打闹闹，她是不会介意的。”

于质夫盯着他俩：“你们不会小肚鸡肠，怀恨在心到现在吧？”

程叔和连忙摆摆手：“质夫，开玩笑的，没有你就不热闹了。你这次回来，我们一天比一天感觉到，那个熟悉的质夫已经回来了。”

在欢快的笑声中，众人喝了很多酒，都有些醉意。于质夫一会儿靠在身旁的春红肩上，一会儿又摇摇晃晃站起来，发表起长篇大论：“风世、叔和，你们刚才说得好。和你们相比，我是有些虚伪。你们都是我的好朋友，明明看穿了我，还处处让着我，像亲哥哥一样待我。我第一次到鹿和班，为了自命清高，装作救世主一样找海棠，其实又不喜欢她，总是与你们的姑娘逗乐。碧桃、荷珠都是好女孩，每次对我都是笑脸相迎，不知是真心的，还是你们在背后调教了她们。现在想想，当时我真不懂事，太自我了，从来不顾及朋友的感受。以后再不会这样了，我有春红就足够了。”

于质夫接着说：“其实，我这次迫不及待地应聘到

A省大学，想和海棠、碧桃、荷珠她们见面，也是想求证一件事情，这些年一直搁在我心头，我必须做一个了断。”

春红端来一杯茶，对于质夫说：“你先喝杯水，歇歇再说。”

吴风世走过来扶住于质夫，坐在后面的沙发上休息。于质夫醉眼蒙胧地看着他，一字一顿地说：“风世，这是个天大的秘密，你一定要帮我找到她们。”

这时程叔和也过来坐在沙发上，他也越发糊涂了，本来以为于质夫要见海棠、碧桃，荷珠，只是为了重温旧情，哪知于质夫与她们居然还有一个大秘密，而他却一无所知。

春红、月光、莲霞也把椅子搬了过来。月光像孩子一样拍手，神情越来越像当年的碧桃，她撒娇一般地嚷嚷：“快说快说，我们想知道这个秘密。”

于质夫一副欲言又止的样子，让众人有些着急了。

于质夫似乎在挣扎着，酒意让他兴奋得想说出压在心头的秘密，而残存的理智又在暗示他不能说。于质夫嘴里嘟囔出一句：“我现在暂时还不能说，如果能够见到海棠、碧桃、荷珠她们，秘密就自然解开了。”

吴风世和程叔和又坐回到饭桌旁，两人商量了一会儿，决定还是由程叔和对于质夫说。

“质夫，你离开A城没多久，一两年时间，她们都先后从良了。海棠早就有老公的，这你也知道，她的孩子现在已十几岁了。碧桃嫁给了一个报馆记者，两人很幸福的。荷珠的老公也是做文具生意的，和我在一个行会，彼此很熟悉。她们过得都很好，A城不大，我们也会经常碰面，但从来不提鹿和班的事情。你如果要见她们，也只能安排偶遇，不能太刻意。质夫你也是爱着她们的，希望她们过得好。”

于质夫听了长舒一口气，心里敞亮了很多。他有些激动地说：“叔和，你早该告诉我了，我不会那么自私的。我内心早就把她们当作我的朋友，是为数不多的能够说知心话的朋友。我一直都祈祷她们过得好，得知了这个消息，就是明天回上海，心中都无遗憾。”

吴风世说：“碧桃特别崇拜你，她和我们说要找一个像你一样有学问的人。那个报馆记者样子很像你，只是比你小一点。”

此刻于质夫脸上熠熠发光，他似乎从内到外都释然了。

“我知道这个消息后，见不见她们都无所谓了。这些年我挂念她们，因为她们是我生命的引路人，这么说好像有点夸张，但事实就是如此。如果八年前我不在A城，而是在别的城市，我会遇见另外一群人，生命中会出现别的引路人。但偏偏是在A城，生命苏醒的地方，我遇见了她们，也遇见了你们。我这次重回A城，就是要向她们、向你们，道一声谢谢。这是迟来的感激，但是这些年一直埋在我心中。风世、叔和，谢谢你们！”

于质夫向吴风世、程叔和深深地鞠了一个躬。

转眼于质夫到 A 城已是第四天了，他每晚睡得都特别香甜，起床时多半都是半晌午了。昨天下午在海洞春酒楼与吴风世、程叔和告别时，于质夫就叫他们今天不要陪他了，让他自由活动。

“我现在特别轻松了，明天我一个人在小巷到处转转。我喜欢在 A 城蜘蛛网般的小巷里漫游，高高低低、宽宽窄窄，仿佛永远走不到尽头。有时还会迷路，在深巷里徘徊，那种陌生的感觉真好。还有的时候，走到了穷巷末路，想起少年时暗恋的女同学早已嫁人，就像阮籍一样痛哭而归。”

吴风世说：“我们还是有点不放心，就叫春红一个人陪你吧，她是大南门土著，对 A 城的街巷比较熟。”

于质夫、春红约好早晨在江边三层楼茶餐厅碰面，一起喝早茶，然后逛街。三层楼就是镇皖楼，在东门外江畔，紧邻迎江寺，一共三层，二楼是大厅，三楼是包间。三层楼和迎江楼的早茶，一荤一素，在 A 城颇负盛名。于质夫和春红在窗户旁边坐下，正对着长江，晨光中的江上风景像一幅图画，两人沐浴在阳光与秋风中。

大厅里熙熙攘攘，茶博士过来给他们沏茶，香喷喷的。春红埋头点单，问于质夫可有爱吃的点心。

“我口味比较重，牛肉包子和重油烧卖这两样要点的，其他的你自己喜欢吃什么就点什么吧。”

“这真巧了，我住在大南门，从小爱吃大南门牛肉包子，重油烧卖也是大南门小蓬莱做得最好吃。”

两人边吃边聊起 A 城的风土人情。于质夫依稀记得海棠也住在大南门，八年前他和她认识时，她已经有老公，孩子也六七岁了。有一次于质夫在鹿和班见过她的老公，相貌有点猥琐，也很老气。班里的姑娘说，海棠老公好赌，没钱了就过来向海棠要钱，孩子也不管，海棠在鹿和班一直都把孩子带在身边。

春红听了于质夫对海棠的描述，皱着眉头想了想，说：“我一点印象也没有，没见过她。八年前你认识她时，她都有三十几岁，孩子六七岁，现在年纪已经很大了。”春红笑盈盈地看着于质夫，“而我，今年才二十岁。”

于质夫此次重回A城，显然对时间的变化没有足够的心理准备。他曾经幻想海棠、碧桃、荷珠还像以前一样在鹿和班，现在逐渐开始接受现实，是因为他已在春红、月光、莲霞身上找到了她们的影子。

窗外江上秋景异常辽阔，偶尔传来的汽笛声让于质夫感觉到热血沸腾，产生一种要携女伴远行的冲动。他在桌上握住春红的手，有些悲伤地说：“这样的汽笛声一直让我不安，让我觉得自己好像对谁说过什么，而又没有履行承诺。”

春红内心也有些触动，她对于质夫说：“等会我们在A城街巷漫步，或许会遇到你要想见的人。心诚则灵，缘分有时候就是不可思议。”

两人从三层楼出来后，经过迎江寺时，于质夫到寺内烧香拜佛，一旁的春红比于质夫更为虔诚。两人又登上振风塔，俯瞰全城，于质夫觉得胸中越来越开朗，呼吸也越来越自由。从大东门进城后，火神庙、天后宫、药王庙、城隍庙，于质夫逢庙宇必拜，一个菩萨都不错过。当年 A 城是他人生启航的地方，他这次重回 A 城，也是要汲取向前行进的信心和动力。

大南门胭脂巷很窄，两边店铺林立，阳光明晃晃的，路人脸上闪烁着奇异的光泽，恍若神人。于质夫双腿猛然发软，他一下趴在春红身上，身体在发颤，嘴里说不出话。他指着前面，憋了半天才说出口：“碧桃！”

逼仄的胭脂巷被汹涌的人流堵住，他们挤过去后，于质夫到处寻找，已不见人影，脸上露出失落和寂寥的神情。春红问于质夫：“你刚才说谁？好像不是说海棠。”

"碧桃，鹿和班另外一个姑娘，当年比你如今还要小好几岁。"

"你刚才那样子，失魂落魄的，是不是很喜欢碧桃?"

"我也不知道，只不过方才看到碧桃，的确很激动，心脏都要跳出来了，也许碰见海棠和荷珠也会这样，毕竟这么多年没见了。"

A 城有"九头十三坡"之称，高低起伏不平。于质夫看着坡下弯弯曲曲的石板路，感觉碧桃是在那里消失的，又拉住春红下坡去找。向西走到南水关、轩辕庙、如来庵，到黄甲山、五垱坡，仍然不见踪影。春红走得有些气喘吁吁，对于质夫说："不用再找了，过两天他们不是要带你去见她?"

"那不一样，在街上邂逅，那是缘分，天大的因缘。碧桃很相信缘分的，以前我追她，她都是说，等缘分。这么大的 A 城，这么多的人，如果遇见了，她还会说不是缘分吗?”

于质夫突然痛哭失声，啜泣声带着压抑和满腹委屈，他像孩子一样哭得肆无忌惮。春红不知所措，她几乎被于质夫弄糊涂了，因为一直以来他都是念叨着海棠，而街头的偶遇却暴露了他心里的真爱。

从大东门进城，现在走到了大西门，出城门后还有一个月城，一条繁华的西门大街，出月城的城门后，才算真正到了西门外。让于质夫感受到生命原始活力的芦苇荡，就在西门外的沙洲。此刻，秋阳开始向西坠落，越来越红，秋风阵阵，无边的芦苇摇曳，雄浑的声音像是从地底发出的。于质夫和春红手牵手，走向镀着金光的芦苇荡。

春红在A城居住了这么多年，还真不知道西门外有这么大面积的芦苇荡，在夕阳下泛着金光。她的手被于质夫攥住，钻进了这片无边无际的芦苇中。

两天前于质夫进来时踏出的那条小径还很清晰。走到中间的那块空地，芦苇依然趴伏在那里，逐渐枯萎的芦秆和苇叶厚厚的，在秋阳照耀下，躺在上面还是暖暖的。春红躺在于质夫旁边，她感觉太奇妙了，几步之遥，这里和A城的市井就是两个世界。她第一次这么看着天空，躺在那里，上面是澄碧的苍穹，正在下坠的夕阳有无数条光线穿过芦苇丛，相互交叉，不时变幻，像抖动的五线谱一样弹奏悠扬的旋律。这是自然的和声，这是日落的合唱，春红沉浸在奇妙的乐声中，脸上容光焕发。而她身边的于质夫，也紧闭着双眼，神情像是陷入了梦幻之中。

仿佛他们在吸取地底的元气，那些元气埋藏在沙洲深处，透过温暖的芦苇叶渗透到他们的身体。等再次睁开眼时，他们感到浑身元气充沛。于质夫侧过身，静静地注视着春红。春红呼吸很均匀，胸脯略有起伏，她本来睁开了眼睛，感觉于质夫注视她时，又悄悄地闭上。

于质夫向春红这边挪动了一下身体，他眼前的春红是美艳的，也是顺从的，他把手搭在她身上，轻轻地在她的脸上吻了一下。夕阳的照射使春红的脸微微有些发烫，当他的手触及春红的肌肤时，他发现她的身体也是滚烫的。

瞬间，于质夫似乎回忆起了什么，记忆一下子被闪电照亮。他在春红耳边喃喃诉说。他想起在日本留学时，才十七八岁，孤零零的他常常独自一人在野外河畔的芦苇丛边看书，伤感、寂寞、孤独、焦虑，这些情绪吞噬着他的心灵。一个黄昏，芦苇丛中传来窸窸窣窣的声音，还有男女的喘息声，他钻进芦苇，眼前的一幕让他血液凝固——一男一女赤身裸体，正在那里疯狂地交媾。于质夫逃回出租屋，锁上门，躺在被窝里手淫，脑海里始终是芦苇丛中那一幅画面。此后就变成了习惯，那赤身裸体的男女，陪他度过青春期，也把他弄得虚弱不堪。而当真正面对女孩时，他常常脸红得一句话也说不出，沟通的障碍，让他没法交女朋友。有一次于质夫醉酒后来到一家妓院，脑海很兴奋，还是芦苇丛中一男一女赤身裸体的画面，但真正面对妓女赤裸的身体，却疲软无力毫无反应。

后来他又试了几次，依然如此，他的自卑感和害羞也越来越深重了。大学毕业后回国在A城教书，他第一次和吴风世、程叔和到金钱巷鹿和班，他也不敢叫那些稍微有点姿色的妓女，只找了年纪偏大几乎没有什么客人的海棠。于质夫心里想，和这样的女人可以放松些，如果真的不行，也可以说是出于同情帮助和照顾她的。

于质夫和海棠在一起，心情的确放松好多。相处久了，海棠的善良和温存，让于质夫体味到了亲情的温暖。她像姐姐呵护弟弟一样，于质夫身体和心头的盔甲统统被卸掉，他轻轻抚摸她的身体，亲吻她的身体，那是他极度渴慕的女人的身体。芦苇丛中一男一女赤裸的身体不见了，只有海棠成熟饱满的身体。曾经沉睡的，此刻也慢慢被唤醒了。进入她的身体，尽管每一次时间很短，只有几分钟，但也足以让于质夫感到喜悦。

而在沙洲芦苇荡的那一次，是他作为男人骄傲的开始，他发现自己原来那么强大，像一头雄健的狮子。但是那一天他有点喝多了，居然一直想不起与他一起进芦苇荡的是谁。

于质夫一边回想，一边对春红上下其手。春红呻吟着、喘息着、张开着、等待着。终于，她感到强大的于质夫进入她的里面，波涛翻滚，一浪高过一浪，她像一叶小舟随着波涛起伏，一会儿在浪顶，一会儿在谷底。夕阳的光在慢慢减弱，波涛依旧在翻滚，在喷涌，她身体下的芦苇都是湿漉漉的。当她睁开眼睛时，正在沉没的夕阳已经把四周的芦苇荡染成一片血红。

于质夫和春红相互搀扶着走出芦苇荡。江畔的沙滩上全都是细软的沙子，两人脱掉鞋子，在沙滩上行走。夕阳在西边的江中沉没了一半，“半江瑟瑟半江红”，两人的身影像是夕阳中的剪影。一艘轮船从江中驶过，很近，马达的轰鸣声、嘹亮的汽笛声在江面回荡。于质夫紧紧搂住春红，凝望着向前行驶的轮船，对春红说：“过两天，我要带你离开A城，今后我们永远在一起。”

春红仰面看着于质夫，认真地点点头。暮色中的江浪涌上沙滩，打湿了他们的裤脚。

当于质夫对春红说这句话时，他感觉这句话是从内心蹦出的，“希望”的感觉弥漫了他的全身。这是正在相爱的男女，这是合为一体的男女，这是最为强大的力量。他要出发，要远行，就像眼前这艘轮船上的水手，经过一座又一座陌生的城市，送走一个又一个日出和日落。而当于质夫说这句话时，他分明想起了自己以前也说过这句话，就在这片芦苇丛，就在江边沙滩，那时他更年轻，说得更有力，这是不容置疑的承诺。但是，他还是想不起那个人是谁。于质夫觉得，记忆出现的这个障碍，实际也是一种自我保护，使他内心避免过于煎熬。因为他背弃承诺的后果，足以毁灭掉一个女人。这种内疚和负罪感无时无刻不在他的心灵深处纠缠着他，他这次重归A城，就是要寻求答案。

当他从记忆回到暮色中的江滩，注视着身边的春红，于质夫心里明确地对自己说：“刚才的话是从内心迸发出的，不是我非要说不可。我会牢牢记住自己的承诺。”

轮船越驶越远了，江面被暮色笼罩。陡然生起的江风鼓荡着芦苇丛，发出洪大的声音，仿佛千军万马鏖战疆场，场面残酷和悲壮。相互偎依的于质夫和春红走出芦苇荡，从同安门进入月城，把这一切抛在身后。今天这个奇异的黄昏，留给他们的只有快乐和希望。

回城后，春红到鹿和班去了，于质夫没有回百花亭学校宿舍，而是在近圣街口萧家桥大新旅馆开了一间房，晚上就住在这里。八年前他在城外法专教书时，学校闹风潮，他曾在大新旅馆住过一段时间，那些日子他很少到鹿和班，而是经常到安乐园看戏。

近圣街、萧家桥、平安岭一带，屋宇众多，人烟稠密，地形高低起伏。大新旅馆。藏在深深的市井中间，于质夫躺在床上，透过窗户可以看见外面青黑色的瓦屋顶，仿佛时光沉淀在上面，熠熠发光。

于质夫重归 A 城，寻觅记忆，几天来都是一无所获。今天下午在西门外芦苇荡与春红生发新的恋情后，过去的记忆才重新被唤醒，一点一点在脑海里浮现。他在大新旅馆开房间，没有回校园，只是想一个人静静地回味，不希望有人来打扰。

他想起过去在大新旅馆的那些日子，每天早晨醒来时，总是感到甜蜜和温馨，生命的感觉特别清新。他坐在椅子上，泡上一杯自己带的咖啡，就像现在一样静静地注视窗外，内心里充满了一种莫名的希望。肚子饿了，他就下楼到旅馆外吃点东西。这一带小吃店很多，萧家桥油酥饼在A城颇负盛名，也是他爱吃的早点。吃完回到房间，翻翻书，写点东西，不知不觉地，一天就这样平静地结束了。

于质夫很喜欢这样的生活，在一个陌生的城市，没有人认识自己，身体和心灵都是自由的。他时常一个人在附近的小巷里穿梭，从一条小巷拐进另外一条小巷。A城的风土人情就像一幅长长的画卷，不仅可以寻幽访胜，也可以遇艳。有一次他在一户人家的院落看见一个少女，出奇地美丽，他驻足良久，好几回冲动着想和她打招呼，但是腿脚迈不动，嘴巴也是木讷迟钝，一切都只是心理活动，他设想了很多，思绪翻滚，头脑发热。最后他对自己说，现在已经知道了女孩住在这里，下回再来，等待合适的时机和她打招呼。

但是已经没有下回了，于质夫后来又来过几次，再也没见过那个女孩。或许她是走亲戚的，或许她外出上学了，于质夫踌躇过几次，想问问院子里的人，在心里头已经试验了好多遍，每一个细节都栩栩如生，但终究还是没有开口。他自我安慰道，怎么开口问呢？连名字都不知道。

这只是于质夫大新旅馆生活的一个插曲，并没有在他的内心造成多大的涟漪，那个女孩更多是审美意义上的，而非现实中的存在。海棠、碧桃、荷珠她们则是活生生的女人。于质夫“失踪”的那段日子，她们经常会问吴风世和程叔和，吴风世答道：“学校闹风潮，质夫搬到城里住，地址连我们都没告诉。前段时间质夫说上海那边催稿催得急，估计是躲起来写稿子了。”

于质夫这种平静的生活延续了一个多礼拜，终于被一件事情打破了。当时从学校搬到大新旅馆居住的，还有一个同事倪龙庵，湖南人，两人也曾和吴风世一起到鹿和班玩过。但如果没有吴风世在场，两人就略显拘谨，彼此很少言语。有一天晚上，倪龙庵过来敲于质夫的门，兴冲冲地说：“质夫，我找到一个好地方看戏，从天津来了几个名角。”

戏园子在城北小巷中，叫安乐园，有一个旦角果然惊艳，于质夫心驰神迷，连续多个晚上都去捧场。这是一个流动的戏班，从 A 城顺江而下到南京、上海。正好风潮还没结束，学校依旧停课，于质夫便随着戏班在外面漂泊了十来天，回来后还住在大新旅馆，大病一场，高烧不退。倪龙庵见状，自己一个人应付不过来，便叫来了吴风世。

一别十几天，眼见于质夫这个样子，吴风世大吃一惊。倪龙庵将事情来龙去脉说了一通，吴风世便叫来海棠照顾他。

海棠照料得颇为细心，于质夫气虚，她每天都是用红糖水鸡蛋、红枣炖小米粥，一口一口地喂于质夫。几天下来，于质夫烧退了，脸色也红润起来，身体的元气在慢慢恢复。一天下午，碧桃得知后也过来看于质夫。于质夫气色大好，说话幽默俏皮，满屋子都是碧桃清脆的笑声，她有些嗔怪于质夫喜新厌旧：“你这段时间躲在这里不见我们，原来另有新欢，听倪先生说还是一个名角。”

有了这个经历，于质夫感觉自己信心大增，力量比以前强多了，他在碧桃面前也没有了往日的自卑和害羞。

“我是怕每日都去打搅你们，你们嫌烦，在这隐居了十几天，正好还一下各地的文债。海棠、碧桃，其实我这些日子天天都想着你们。”

“呵，鬼才信你的话，你早把我们忘到九州八国了。安乐园那个戏班我们也知道，都是津门有名的角儿，没想到你追星，竟然从 A 城一路追到上海。”

“这个倪龙庵，真是害人不浅，本来我在大新旅馆过得好好的，他带我去看戏，让我一下子蹚进浑水中。”

“这事不能怪倪先生，是你的问题，人家倪先生不是好好的?”

“倒也是，我一时鬼迷心窍。”

碧桃有些吃醋，脸上一副恼怒的神情：“你与我认识这么久了，怎么不见你鬼迷心窍？”

“你是叔和的女人，我哪敢？”

“我是青倌，才不是谁的女人。如果要选的话，我宁愿选你。”

于质夫被碧桃这段大胆直白的话惊呆了。以前她从来没说过，两人在鹿和班打打闹闹也是逢场作戏。现在碧桃陡然说出这样的话，肯定是受到了戏班女人的刺激，心高气傲的碧桃，不能容忍于质夫这样忽视自己。而在于质夫看来，这简直是奇妙的时刻，霎时他觉得屋内色彩斑斓，光辉灿烂。当初他进入鹿和班的时候，第一眼看中的就是纯洁秀丽的碧桃，但他因为自卑而不敢接近，选择了很少人问津的海棠。现在碧桃对他说的这一番话，正是他梦寐以求的。

当于质夫在大新旅馆清晰地回忆往事时，他感到遗忘的细节太多了。他对A城的记忆，实际上一些感觉和画面的混杂物，带有艺术加工和审美意味，而具体的一些情节甚至人物都非常模糊。那天酒醉后，他是和谁一起到的西门外芦苇荡，这个问题一直困扰着他。哪天，当暮色笼罩江畔时，他是清醒的，指着轮船对她承诺，而此时她笼罩在暮色中的面容又是模糊的。

现在他觉得碧桃的可能性最大，她似乎栩栩如生地就站在眼前，伸手可触。他们的心灵曾经那么近，相互爱慕，要不是津门戏班的刺激，她可能永远都不会说出口的。

于质夫晚上没有回百花亭大学宿舍，吴风世从春红那儿知道他住在大新旅馆，又像前日一样早早就过来了。他兴奋地对于质夫说："质夫，我和碧桃约好了，她肯见你。"

"难怪，昨晚在旅馆，我整夜想的都是碧桃，很多记忆都浮现在脑海中，原来一直都珍藏在那里。”

“外面的阳光不错，你和碧桃肯定有许多话要说。我昨天约碧桃的时候，没有同叔和说，你知道，他先前是喜欢碧桃的。”

“叔和与碧桃后来怎么了？”

“这你还不知道吗？碧桃心思大得很，她就喜欢你这样的文人，叔和她是看不上的。不过当年你喜欢海棠，对碧桃却看不上眼，也是奇怪。”

于质夫嘴角露出一丝苦笑：“那时性格和心智都不成熟，你们虽然那么抬举我，可我的内心是很自卑的。”

“别说那么多了，我到现在也不能完全理解你。哪天你心血来潮抛下我们这些朋友回上海，一声招呼都不打，我们也能接受。”

“那怎么会？这次回到 A 城，就是想和过去的朋友欢聚，彻底回到八年前的生活场景。”

“彻底是不可能的，大家都在时间的河流中翻滚。

不过你若见到碧桃可能会有些把持不住，她和从前相比，变化真的不大。”

“风世，那是你的感受，如果你和一个人生活在一座城市，经常见面，你不会感觉到对方有多大的变化，因为你也在变，你们在一个轨道。而我这些年是在另外一个轨道，偶尔交汇时，她会发现我的变化，我也会发现她的变化。时光的痕迹是一点一点累积的，八年足以改变一个人的容貌。不过我想，和以前青涩的碧桃相比，成熟后的碧桃会更有女人的风致。”

日光饱满的街道依旧熙熙攘攘，吴风世和于质夫出大北门来到城外，沿着壕沟往东走——碧桃约在菱湖公园茶楼见面。在法专教书时，因为菱湖公园与学校相邻，菱湖公园是于质夫经常来的地方。尤其傍晚，他几乎都要来公园散步，有时一个人，有时和倪龙庵或吴风世一道。碧桃选择在菱湖公园和于质夫见面，也是善解人意。

虽然已到了秋天，菱湖的荷叶还没有枯萎，青碧色的荷叶满满地覆盖了湖面，人在荷中走，像撑着一叶小舟在湖面行驶。此情此景，令于质夫不免心旌摇曳，他恍若看见了“伊人”婉婉约约地出现在水中央，阳光布满了湖面，他心中的希望再度被唤醒。

碧桃已经在茶楼里了，她看到于质夫，发出欢快的笑声。她手里还拿着一本于质夫的小说集，嗔怒道：“海棠姐姐你写那么多，我们的故事，你都没写。”

见碧桃还是以前的样子，于质夫的心融化了，他急急地辩解：“我是一个伪君子，又想暴露，又想掩饰。海棠无人问津，养家压力又大，我自己好像是一个乐善好施的慈善家，到鹿和班不是来玩的，而是纯粹为了帮助海棠，占据了道德高地。伪君子扮演久了，连自己都会相信，还到处给同事和学生说。”

碧桃很聪慧，总是善解人意，她微笑着说：“也不能说是伪君子，我们每个人都在掩藏自己，只暴露自己愿意暴露的，通常是完美的那一面。你当年和我们的那些生活，你已经暴露很多了，这需要很大的勇气。如果连你都是伪君子，那我们就是伪君子的爸爸妈妈。”

最后一句话碧桃很得意，说完后哈哈大笑，于质夫和吴风世也被逗得笑出声来。三人一边喝茶，一边闲聊，品尝点心，湖上秋风吹拂，欢声笑语不断。这正是于质夫心中早已期待的过去与现在无缝接轨，此刻，他与 A 城没有隔膜，仿佛他一直都在此生活，从未离开。

吴风世见两人聊得投机，借故离开了。于质夫和碧桃在茶楼坐了一会儿，来到湖边散步。处处都是熟悉的风景，他们在一起行走时，风静悄悄的，荷叶静悄悄的，阳光也是静悄悄的，甚至可以听见彼此的心跳。碧桃不像在茶馆里那么活泼了，她开始有些沉默。此时于质夫觉得如果吴风世也在场就好了，他在场，于质夫好像更容易放得开，说话滔滔不绝，幽默风趣。而当他独自面对碧桃时，舌头有些僵硬，大脑一片混沌，这时应该需要一些身体语言打破目前的僵局，譬如紧紧搂住她，或亲她一下，但好像又不自然。他们俩都竭力展现八年前的身影，但事实已并非如此，不能面对面太近，那样过于残酷。这种重聚的场合是需要多人参加的，大家在嘻嘻哈哈中拾回时光的一些碎片，其实已经足够了。

于质夫试探着向碧桃讲述那天下午发生的事情，嗫嚅着问道："那天下午我喝得有点多，在沙洲，是你吗?"

碧桃转过脸，凝望着湖中的荷叶，眸子熠熠发光。她没有回答于质夫的问话，沿着小径向湖中心走去。

于质夫跟在后面，看着碧桃袅娜的背影，这真是生命丰盈的容器，他的记忆刹那间开始汹涌澎湃。正是她！碧桃！拯救他的女人！青春期在日本落下的毛病，生理和心理的，在海棠的温存下有些改观，但真正让他彻底改变的，是那天下午和碧桃在一起过后。他发现自己是那么强大，像换了一个人，上天赋予他的能量第一次得到完满的释放。

他冲动地走上前，从后面抱住碧桃，大声喘息着说：“我想起来了！”

碧桃感受到了他的冲动，还是像以前一样强悍，她浑身有些酥软。但她很快又恢复了理智，从于质夫怀抱中挣脱出来。

“前面是湖心亭，我们到亭子里坐一会儿。”

在湖心亭，坐在石凳上，他们聊起那天的事情，语气平静多了。碧桃从不认为是于质夫忘记了，他只不过是在逃避，一直都在逃避。

“我变了，这与你有关。”

“碧桃，对不起，那天酒喝多了，我真的忘记了。但这些年内心一直很沉重，好像有一件事情未了，这次重回 A 城，也是想了结此事。”

"你说得倒很轻松，都过去八年了，怎么了结？我也没有怪你，大家都是逢场作戏，不必太认真了。"

"我是认真的，我对你说的那些话都是发自肺腑的。"

"那不是话语，那是你的诺言！"

碧桃站起身来，面对着于质夫，她的神情有些激动。

"你走后，我一直都在等你，我相信你的诺言，一直到如今，它还在我的耳边回响。你说得那么真诚，我们两个是那么幸福，怎么会是假的呢？如果这都是假的，那还有什么是真的？"

"碧桃，是真的！你唤醒了我，改变了我，从那天之后，我才是一个完整的男人，是你点燃了我的生命。"

于质夫说着，竟然开始抽泣，他不明白为什么后来忘了，这不是一件轻易可以忘记的事情，两个人灵与肉的结合，那么畅快淋漓，怎么能说忘记就忘记呢？眼前的碧桃，就是他生命的另外一半，没有谁比她更合适。而如今，她早已是他人妇，他们终究错过了。

“碧桃，你唤醒了我，改变了我，让我恢复了男人的自信。回到上海后，那时我浪得虚名，成天都有一群姑娘围在身边，我已经不害羞了，身体也日渐强壮。从你身上我发现了自己的能力，这真让我无比快乐，只有健全的身体，才有健全的精神和健全的情感。”

“我不要你这样夸我，我没有那么大的本事。你强大是因为你一直都强大，不是因为遇见我。”

“不是那样子的，不信你去问海棠，和你在一起之后，我才变成一个真正的男子汉。”

那个阳光充沛的下午，在沙洲芦苇荡，于质夫急切地踩倒一片苇秆，然后脱下皮大衣放在上面，碧桃慢慢躺在皮大衣上，透过苇叶的阳光从她脸上扫过。她的面容很宁静，肌肤很光滑，于质夫在她的身上嗅来嗅去，闻到了一股早春的气息。而那个春天的黄昏，在日本野外芦苇中的那个赤身裸体的女人，仿佛已与碧桃合二为一，当于质夫进入时，他浑身汹涌的都是那一天的原始的感觉，能量的通道就这样接上了，无穷无尽。天空色彩瑰丽，芦苇荡恍若一片血海，他在一阵又一阵的冲刺中，攀登生命的巅峰，这是完整的合体，灵与肉的重新组合，一个全新的人诞生了。

当他们站起身，互相依偎，江上也是一片血海，整个世界都是红彤彤的。轮船像是从另外的时空驶来，而前方将是鲜花盛开的童话世界。于质夫、碧桃同时看见了希望的彼岸，清晰的画面毋庸置疑，他们甚至听见了从江中心升起的美妙的旋律。于质夫手指前方说："我要带你离开 A 城，今后我们永远在一起。"

碧桃凝望着前方，经过爱情狂风暴雨般洗礼的她，在夕光的映照下，脸上散发出静穆的神性。她感觉这话不是于质夫说的，而是神命令他开口。

她对他们之间的爱情是深信不疑的，一直到现在，在湖心亭中，她仍然深信不疑。至于为什么于质夫没有履行承诺，她其实并不认为是很重要的。那一天的爱情是真实的，那一天他的承诺也是发自心灵深处的，这就足够了，她并不希冀得到更多。而八年后，于质夫重回 A 城，并且找到她，她内心里已经欣喜若狂了。

“质夫，我们全新的生命都是从那一天开始的。这些年，我内心一直在等待，你没来，我在等，现在你来了，我还在等；我知道我已经不是在等你，那天神灵给予了我们巨大的启示，我们从未有过那么强烈的快乐，眼前的风景也从未像那天那样壮丽，内心里也从未澎湃过那样让人心生喜悦的希望。这些年，我们其实不是在等待彼此，你故意忘掉我，不是你真的想不起我，而是我本身承载不了让你心驰神往的那么大的希望。我们今后不必牵挂彼此，记着那一天的感受，在心灵的角落保留那一片风景，憧憬着向远方航行，这才是今后我们要珍藏的生命的硕果。”

仿佛一束光在眼前闪耀，于质夫瞬息豁然开朗。此刻，秋天的阳光照耀在湖面上，碧桃的额头和脸颊又散发出那一天静穆的神性之光。于质夫内心明白，他这一次重回 A 城，目的已经达到了，不仅消去了胸中的烦恼，而且重新注入了生命的活力。方才碧桃那番话，只有遇见于质夫才会说出，他们的身体和智慧，只有彼此相遇时才会打开，活泼泼的能量相互叠加，打开一扇又一扇丰盈的生命之门。

碧桃走了，在湖上慢慢远去了背影。于质夫内心明白，这一次碧桃是彻底离开了，他们以后可能再也不会相见。在人生的旅程中，他们只是对方生命的媒介，激活了对方沉睡的生命能量，也就完成了使命，再也没有必要产生交集，此后各走各的路。碧桃冷静地说出这一切的时候，该经过了多少痛苦的思考和煎熬，于质夫瞬息感受到碧桃刀割般的内心，禁不住号啕大哭，悲怆的声音在湖面上久久回荡。

又是从前那样的黄昏时分，于质夫拖着长长的身影，在荷叶中间的小径上，缓缓地走着。这是方才碧桃背影消失的地方，一路上还有她的芳香，于质夫体悟到人生的无可奈何。碧桃的那番话，难道不也是无可奈何之后的自我安慰？人必须找一个理由让自己活下去。两个灵与肉都相爱的人，怎么就成为激活对方生命能量的媒介了？眼睁睁地看着自己点燃的爱情之火为别人燃烧。

对碧桃的承诺，为何到上海后，就彻底遗忘了？可能还是源于对碧桃的漠视。那时刚刚成名的他经常被一些文艺女青年示爱，而从碧桃身上得到的自信使他游刃有余，他遗忘碧桃是自然的事情。正像碧桃编出一套理论抚平自己心灵的创伤。为了摆脱内心的自责，他的记忆机制甚至出现了障碍，竟然想不起那个激活他生命能量的媒介，这是多么可笑的一件事情。

随着时光的流逝，能在记忆中存留的信息是非常有限的，人们总是记住那些自己愿意记的事情，将那些令自己不快和痛苦的回忆，悄悄地抹去，或改变成另外一幅自己可以接受的面目。于质夫觉得，先前对碧桃的遗忘就是记忆编程改变的结果。

前方有一个湖底淤泥堆积的小岛，与湖上小径相连，面积不大，上面有一些树木和乱蓬蓬的茅草。于质夫在岛上的小土丘上躺下，背下的茅草软茸茸的，反射的夕照映红了他的脸，广阔的菱湖就在他的眼帘之下，茶楼、湖心亭沐浴在艳丽的晚霞之中。

八年前的他籍籍无名，在菱湖西侧的法专教书，月薪一百三十块大洋，他非常开心，精神和物质都富足。茶楼和湖心亭是他常来的地方，和同事在茶楼谈天说地，在湖心亭与学生聊自己留学时的故事，也多半是在这样放学后的黄昏时分。青春期愤世嫉俗，生活困顿，在异国他乡缺少交流，多疑、敏感、近乎抑郁的精神状态，长期手淫造成的身体亏空，还有对异性身体的极度渴望，这一切，都在A城得到了改善和弥补。他的身体元气和精神自信都在慢慢恢复，躺在茅草丛中沐浴在夕晖中的于质夫，现在可以清晰地回想起那一幕幕，内心充满了甜蜜。夕光中的湖心亭，那些学生的身影似乎仍然在那里晃动，他们极想了解异国的情形，眼睛闪烁着渴望。于质夫给他们讲述留学时的课程、社团和体育活动，岛国独特的风土人情。他没有给学生们说起他的孤独、性苦闷，他表现出开朗和愉快。那是一段值得留恋的明朗的时光，他给学生们这样说时，仿佛生活真的是这样，他画了一个大大的饼子，金光闪闪。而谈到A城时，他则不时地表现出轻蔑，到这个小小的落后的省城，于质夫是极不情愿的。不管是在湖心亭学生面前，还是在鹿和班妓女面前，他都是以自己留洋的经历为骄傲的，而对眼前的一切则是不屑一顾。

不知是由于阳光的照射，还是因为内心反省带来的羞愧，于质夫脸上火辣辣的。八年前在 A 城，他得到了生命中最美好的东西，莫名其妙的虚荣心使他不好好珍惜。那些在湖心亭晚霞中围在他身边的学生，那时神情闲适的他，难道不都是处在最好的生命状态吗？那个在西门外沙洲的碧桃，在原始洪荒的芦苇荡激活了他的生命能量，那难道不是最好的爱情吗？他统统没有去珍惜。他编造虚假的过去，他憧憬虚妄的未来，却对当下充满了蔑视。

其实这一切都还在重演，A 城在他心里越来越重，是因为八年前 A 城的人和事已成为记忆。他这次重回 A 城，一点都没有准备要进入现实的生活，而仅仅去寻找回忆的蛛丝马迹，他对现实依然充满了蔑视。

于质夫明白了这一点后，开始回到现实之中。八年前对碧桃说的话，两天前对春红也说了，同样的地点，同样的场景，同样发自内心的真诚。他已经辜负了碧桃，不想再辜负春红。于质夫对自己说，如果我永远都是那样少年的心态，只考虑自己的感受，什么责任也不想负，什么承诺也不想遵守，我还是完整的人吗？其实这一次我重回 A 城，也不是念及旧情，而是因为自己的生命感觉麻木了，人生正在失去方向，回到故地寻找。碧桃是多么聪明的女人，她知道我只是把她当作激活生命能量的媒介，她不会再和我纠缠下去。而我这样有着人格缺陷的男人还配享有爱情吗？爱的最高境界是为对方着想，我从来没有，我都是以自我为中心，在乎自己的生命感受、生命状态，别人不知不觉地就成了“媒介”和“工具”，所以我根本就不会珍惜，只有当某一天再度需要这个“媒介”时，我才会想到他们。这种极度自私的结果就是，我从来就没有进入他们的生活，我从来就没有进入他们的心灵，我视他们为“媒介”，他们其实也视我为“媒介”，这其实是相互的。于质夫想起吴风世、程叔和，想起春红、月光、莲霞，心里暗暗说，不管我这一次在 A 城待多久，我和他们一定要真诚地交往，别那么自私了。多替别人着想，这也是对过去的赎罪，开创一个全新的自我，这次回归A城之旅也就有了意义。最后的夕晖热烈地照射过来，已经没有先前强烈的光和热，通透的光照亮了整个菱湖公园。

来A城有些时日了，于质夫上街添置了一些生活用品，为开课做准备。这天文学院杨院长对于质夫说："质夫，我们这所大学去年才成立，学生先读预科，成绩合格后才上本科，你这学期先教预科怎么样？"

"聘书不是说好在文学院任教？怎么变来变去的？"

"质夫，你放心，薪水不变的，学生这学期预科毕业转入本科后，你接着代课。"

"杨院长，这不是薪水的问题，你欺骗了我。"

杨院长神态略显尴尬，对于质夫说："我们也是求贤若渴，给你的月薪三百四十元，也是全校教授最高的。等会我带你去看看办公室。"

于质夫听后默不作声，在杨院长的带领下，前往办公室。

办公室在学校大礼堂的里面，是原先学校礼拜堂圣三一教堂改建的，里面的窗户、长椅、吊灯都还是以前教堂的设施，痕迹比较明显。于质夫在杨院长的带领下，来到自己的办公室，和同事们互相寒暄了一阵，然后来到高大空旷的大礼堂。他对这座大礼堂很熟悉，八年前他在城外法专任教，刚刚来时，没什么朋友，经常一个人从大北门登上城墙，沿着城墙一直走到东北角，城墙下就是这所教会学校，教堂显得特别巍峨。教会学校东侧是一所女校，靠近城墙是一个后花园，三三两两的女生在花园里散步、聊天，悠闲而安静，这是于质夫最为迷恋的场景。

有一天放学后，于质夫又来到城墙闲逛，像往常一样，女生三三两两地在后花园里出没。有两个穿着校服的女生，坐在城墙下方的石凳上，说着悄悄话，声音时断时续，她们完全没有注意到城墙上的于质夫。隔墙有耳，于质夫竖起耳朵，不自觉地仔细聆听她们之间的对话，但是声音很模糊。于质夫靠在城垛上，时间久了，两个女生若有若无的声音就像催眠曲，听了一会儿他就睡着了。

这一觉睡得特别香甜，仿佛这么多年累积的疲劳一下子蒸发了。于质夫睁开眼，天已经黑了，他的心里头则是亮堂堂的，精神抖擞。大北门的城门这时已经关了，从那里已经下不了城墙。那两个说话的女生早已不见了，后花园里没有一个人影。花园是在女校后面的小山坡上，从这里下城墙不高，也就两三米。但是下去后出门很难，一个男教员，夜闯女校，很容易引起误解。

于质夫在城墙上往回走了几十米，决定从教会学校这边下城墙，天色越来越暗。于质夫找到一处下边小坡略高的地方，慢慢探下身，双手扒在城墙上，然后轻轻跳下，跌倒在地上。站在下面看，城墙显得特别高大，壁立千仞，很难攀越上去。于质夫拍打衣服上的灰土，向礼拜堂走去。

礼拜堂灯火辉煌，似乎刚刚结束一场活动，里面还剩下几个义工打扫卫生。看见于质夫进来，一个年纪大的妇女说：“先生，你还没回去，学校大门已经关了。”

“我是城外法专的教员，不知道学校大门这么早就关。”

“也是为了住校学生的安全，现在兵荒马乱的。”

“那我怎么办？学校里也没有旅馆。”

“先生，这样吧，现在天气还不冷，你就在教堂长椅上歇息一晚，明早再回吧。”

义工们走后，礼拜堂一片寂静，于质夫躺在长椅上，看着屋顶，该有八九米高。这么高大的空间，他很难入睡，在长椅上辗转反侧。八年后，当于质夫再次走进当初和礼拜堂，如今的大礼堂时，当年的情景依然历历在目。他在大礼堂中找到了当年睡觉的那个长椅，坐在上面，双手合十，似乎在祈祷，在祈求，又似乎在赎罪。

在菱湖公园与碧桃重逢，她说的那番话让于质夫彻底醒悟，他在人生最好的岁月，在A城遇见了最好的人，可他当时并不知道。经过岁月的煎熬，他现在终于明白了，但是一切随着时光慢慢消失了，无力挽回。

窗外的枫杨树、梧桐树，树叶一片金黄，地上的落叶就像一条金色的绒毯。秋风轻轻吹拂，在这个宁静的季节，心灵都在慢慢沉淀下来，没有虚妄的泡沫，没有过多的思虑，只有回忆和感恩。与大礼堂周围色彩缤纷的世界相比，坡下足球场还是一片翠绿的世界，被一棵棵香樟树包围，学生们在球场上踢球，奔跑的身影、喊叫的声音，在秋日里被时光拉长，像被定格了一样，凝固在碧蓝的天空下。这是两个世界，金黄色的大礼堂，告别过去，那些心灵装不下的沉重的东西，统统放在这里，那些记忆容不下的画面，也统统张贴在这里。卸下了这些包袱，轻装上阵，到坡下翠绿色的足球场上奔跑、传球、射门，瞬息与青年的“我”合为一体。什么都没变，还在踢球，体力还是同样充沛，那些孕育希望的香樟树，还在孕育着希望。如果这还不够，踢完球后，再绕球场跑几圈，挑战自己体能的极限，聆听自己粗重的喘息声在球场上回荡，在翠绿的樟树林间回荡。在拼尽全力的冲刺中，跑道两边站满了加油的同学，巨大的声浪震耳欲聋，你不是在奔跑，而是像高山滑雪运动员一样，滑行在声浪之上，一点也不费力，只是滑行，自由地滑行。人群、鲜花、翠绿的香樟树，你看见了希望，眼里只有未来。这是没有终点的奔跑，欢乐的声浪也不会停息，奔跑的人越来越多，挤满了跑道、足球场、篮球场，洋溢着强悍的活力。巨大的声浪将这一切都飘浮在上，还有青春的歌声，组合成波澜壮阔的画面。而在坡上，金黄色的大礼堂屹立在城墙边，无比宁静。

当吴风世、程叔和再次看见于质夫时，他们觉察到了他的变化，甚至有点生疏的感觉。他不再像以前那样以自我为中心了，处处谦让，晚上在鹿和班打牌，也不像以前那样左搂右抱，对春红、月光、莲霞都是充满了尊重。这些变化让所有人都有点不适应，没有了以往于质夫的自由洒脱和他们已经习惯的滔滔不绝，气氛显得有些凝重，不热闹了。

吴风世认为于质夫肯定遇到了什么问题，两人在吴越街茶馆闲聊，吴风世就问他："质夫，最近没遇到什么事吧?"

于质夫表情很严肃，半真半假地说："最近两天，遇到了好些事情，让我不断反省、思考。"

"你也不要钻牛角尖了，人活在世上，都是随遇而安，也不必太认真。质夫，我们都喜欢你这个朋友，你只要做你自己就好了。"

“那天你走后，我和碧桃又聊了好久，很多事情都想起来了。风世，我有点鄙视自己，凡是对自己有利的事情，我都记得那么清楚，对自己不利的，统统都忘记。其实，那不是忘记，是逃避。”

“质夫，我们都是这样的，这是我们身体内自我保护机制在起作用，这样才能活下去。有谁愿意让痛苦的记忆折磨自己？我们最终都要死去，又有谁愿意每天直面死亡而活着？”

“关键这不是痛苦的记忆，是我人生中无比快乐的记忆，一直到今天，我经历过的快乐还没有超过那一天，和那个人在一起。”

“你是说碧桃？”

“是的。”

“质夫，你刚来时说要见她们，我们有些迟疑，主要是担心碧桃。八年前你回上海后，只要我们一到鹿和班，碧桃就向我们打听你的消息，有一段时间她特别消瘦，神情都有点恍惚。不久她就不在鹿和班做了，嫁给一个报馆记者，那个记者长得还很像你。不过，你们这种类型的文人只要戴一副眼镜，看着都差不多。”

吴风世这番话又证实了于质夫先前心里所想的许多，他神情有些悲怆，碧桃在他的生命中永远消失了。明明两人曾经相互拥有，再次在一起时，却无法重聚，仿佛两人之间相隔了千山万水。

“这一次我虽回到了 A 城，但过去的一切永远都回不去了。”

“我不知道你们之间发生了什么事情，后来碧桃也不理叔和了，他很郁闷。我也问过海棠，她说有次你带她们在御碑亭游乐场玩，那天碧桃很开心，你们一起坐摩天轮，坐旋转木马。海棠说，那天碧桃一直笑个不停，笑声与阳光搅拌在一起，让她的身体暖烘烘的。海棠还说，那天你讲话特别幽默，伶牙俐齿的，每一句话都特别好笑，话语又特别多。偶尔你不说话的时候，看见你那样子也觉得好笑。”

那个被阳光和笑声包围的游乐场，完整地呈现在于质夫眼前，这次回 A 城后，他和他们又去过一次，又坐了一次旋转木马。

吴风世继续说：“不过，按理说，你们在游乐场玩耍一次，她对你就爱这么深，也不应当，你们肯定还有别的故事。”

于质夫点点头，神态安详地说：“我们双方相互有过生命的承诺，面对着神灵。”

八年后，在江畔沙洲芦苇荡，于质夫对春红也有过同样的承诺，但这次是为了唤回与碧桃的记忆，还是内心的渴望？在与碧桃重聚后，于质夫也有些迷惑了。碧桃已非过去的碧桃，而春红则更像过去的碧桃，如果没见到碧桃，他会坦然地和春红相爱下去，甚至远走高飞。于质夫这次又看清了自己，他心中的爱情，是和青春同义的，爱情是青春的证明，只有爱情，才能挽回他的青春。所以他爱情中的女主角，必定是青春的。

重回A城，碧桃选择了离场，春红登场，他八年前的青春故事可以再演绎一遍。吴风世、程叔和，这两个志趣相投的朋友，岁月没有在他们的脸上得下任何痕迹，他们乐此不疲地延续着过去的生活，非常深地进入了角色。

于质夫对吴风世说："风世，你说得对，人要随遇而安，才能过得快乐。过去与碧桃再怎么样，都是过去了，现在见了面，心愿也就可以了了。我们还像以前一样在一起欢度时光，我觉得春红、月光、莲霞这几个姑娘，一点也不比海棠、碧桃、荷珠她们差。"

"是啊！世上新人换旧人。要么与时俱老，慢慢消隐于时光深处；要么活在当下，忘掉过去，不断更新生命。"

"我原先只是认为你很随和，又爱替别人着想，没想到你思考人生这么深。从今往后，我们重新开始，像从前一样快乐地生活。”

“太好了，质夫，你终于想明白了！你刚来的时候，怕你老是被回忆纠缠，我们就把你往这条道路引导，但又怕你误解，所以心里一直很矛盾，我们只希望你过得快乐。”

“那么风世，你老实告诉我，你觉得春红怎么样？”

“质夫，你真有眼光，照我讲，春红身上可谓集聚了当年海棠和碧桃两个人的优点——海棠的忠厚、温柔、善解人意，碧桃的活泼、青春、靓丽。尤其这两天，我发现她看你的眼神和以前不一样了，肯定有什么秘密瞒着我。质夫，这一点我要向你抗议，我们这么好的朋友，但只要是男女之间关键的事情，你总是不告诉我们，滴水不漏，搞得我们丈二和尚摸不着头脑。你和碧桃之间的秘密我们还没有摸清，现在，你和春红又有了新的秘密。”

于质夫笑了，坦然地说：“我没有秘密，我的人生最隐蔽的部分，都在日记和小说中彻底暴露了。你之所以还不了解，是因为你读得还不够仔细。”

与吴风世在吴越街茶馆长谈一番，临别时，于质夫要他约大家一下，趁学校还没开课，到城外秋游。两人又商议了一下，决定明早到西门外山口古城堡。A 城的前世，就是这座建于南宋末年的城池，后来一直废弃。

凡是游玩一类的事情，吴风世效率特别高，第二天一大早他就开着车到百花亭接于质夫，春红、月光、莲霞还有程叔和都坐在车上。车从东城墙大栅子出城，有一条沿着城墙北上的公路，与古驿道平行，翻过集贤关，驶离公路，转向西侧的一条小路，路很窄，高低不平，颠簸得很厉害。开了一个多钟头后，又转向左边更窄的一条山路，沿着山岭一直往前开，山坡下是宽阔的河流，与长江相连，山口古城堡就在这临近河流的山坡上。

下车后，几个人先到城隍庙拜城隍爷。吴风世对这里的历史比较了解，对大家说：“这是南宋城池遗址，金兵、蒙古兵南侵，县城从上游迁到这里，后来又迁到A城。这座城隍庙是保护A城的，以前县太爷拜城隍，都要到这里来拜。大南门那个城隍庙是府城隍庙，这是县城隍庙。其实后来在A城也建了一座县城隍庙，在关岳庙对面，但不够灵光，所以县太爷还是愿意到这里来拜。”

这么一说，大家拜城隍爷更虔诚了。一位道士从庙里走出，对大家行礼，说话的声音很浑厚，又很柔软：“方才这位施主把城隍庙的历史讲述得很清楚，A城后来建的城隍庙也是一样灵验，都是庇护A城子民的。心诚则灵，城隍爷保佑大家一生平安。”

城隍庙在山坡最上面，站在庙门俯瞰，古城池顺着山坡一直绵延到河畔。道士走过来对于质夫说：“当年在战乱时期，我们这座城池建得很仓促，几乎是一座孤城，与外界联系不便，江河泛滥，也容易被淹，所以不到半个世纪，就迁到河东的 A 城了。”

在碧蓝的苍穹下，极目远眺，河对岸 A 城隐隐约约可以看见。于质夫问道士：“他们都说这里的城隍爷很灵，有什么凭证吗？”

“城隍爷保佑自己的子民，是不分亲疏贵贱的，只要你正心诚意。这座城隍庙在坡上，面对浩渺的江河，气势比较宏大，也容易让人怀想起祖先筚路蓝缕的开拓精神。所以，尽管这座城池已经废弃七八百年了，A 城市民还是经常到此拜谒。不忘来处，厚德载物，必有福报。”

于质夫想到这些年与 A 城的缘分，A 城待他的种种好处，也都一一记起。他是一个容易感动的人，而这几天反思过后，对自己内心中狭小自私的“我”又充满了自责。他掏出随身携带的钱，全部捐给了道士，又在城隍爷面前恭恭敬敬上了三炷香。上完香，他对大家说：

“这三炷香是保佑A城的，还有你们，我的朋友们。我来到这里，得到很好的照顾和关爱，无以为报，只能写些文字。当我想再做些什么，他发现自己也是无能为力了。”

吴风世知道其中的原委，他觉得于质夫心里还没有放下碧桃，故而多愁善感，便有意让春红和于质夫两人在一起，其他人也各自结伴下坡进入古城堡。

城堡里烟火气息很浓，深宅大院里的人们都居住了几个世纪。于质夫和春红行走在小巷里，心越来越静，他觉得自己一直向往的就是这样的生活，一直渴望的就是春红这样的女人。先前的碧桃，自己无缘无故地放弃了，那是因为他太年轻，总以为前面还有更美好的东西等待他，所以才毫不犹豫地放弃，不留痕迹地忘记。但是，他已经不是从前年少的他，那时一个人无牵无挂，现在动不动心事重重。他觉得，现在回A城后的很多行为，都是在竭力模仿八年前，显得力不从心，也显得不够真实。

他在沙洲芦苇荡跟春红说的话，以前跟碧桃也说过。给碧桃的承诺，以及后来忘记了承诺，都是发自内心的，没有半点虚伪的成分，所以碧桃原谅了他，她是多么一个富有智慧、情感又特别细腻的女子。而与春红的一切，则像是模仿，承诺没有那么真实，实际上他已经没有资格对春红做出那样的承诺。他欺骗自己回到了八年前的青春时代，而春红仅仅是一个“媒介”。他即使出于良心的压迫遵守了这个承诺，又能带春红去哪儿呢？

春红一路上乐呵呵的，她似乎也早已忘记了那天黄昏于质夫对她说的话，从来也没提过。只是她对于质夫比以前亲密多了，眼神透露出信任和爱恋。一位路过的老婆婆看见春红，特别喜欢她，拉着春红和于质夫到自己家喝茶。

到家后，老婆婆给他们沏上茶，又给他们打了三个红糖鸡蛋。春红和于质夫一人吃了一个，于质夫还想吃，春红轻轻阻止他：“要留一个鸡蛋，这是本地的习俗。”

老婆婆高兴地看着他们俩，她想起了很久以前和老公的幸福生活，人生就是这样的，一代又一代，他们仿佛就是过去的自己和老公。老婆婆又给他们拿出过年还没吃完的花生糖、芝麻糖做茶点，两人边吃边喝，心里面甜蜜蜜的。于质夫侧身看着春红，她像新娘子一样美丽，脸上洋溢着幸福的笑容。他看着老婆婆，老婆婆慈爱地注视着他们，就像他的奶奶。他觉得这一切都不是偶然的，在古城堡的这一瞬间，已浓缩了全部的人生幸福，这肯定是他过去经历的，现在因为缘分又聚集在一起。其实，人生演绎的不是这一世的故事，而是所有轮回里的故事在此生的延续。于质夫豁然开朗，他决定不再纠结了，顺着生活的节奏向前走，去完成这次重回 A 城所要完成的人生使命。

中午吃饭，在渡口旁边的一家江鲜馆。清蒸鲥鱼、砂锅华鱼、鳗鱼烧肉，配几个蔬菜，味道新鲜可口。吃罢，喝茶聊天。太阳当空照耀，很是燥热，好像回到了夏天。于质夫脱掉外衣，嚷嚷道：“A 城的秋天，从早到晚，太阳仿佛一直悬在空中，一动也不动，就像一个日不落城堡。这种天气，我很喜欢。就怕下雨天，一下雨，我的情绪就开始忧郁。但中间总有几天，像今天这样炎热，身上黏糊糊的，我又不喜欢了。”

吴风世也脱掉外衣，对于质夫说：“喝完茶，我们在河畔散散步，这里是江河交汇处，水面上风很凉爽。”

渡口停有一艘渡船，孤零零的，于质夫问饭店老板：“这艘渡船也是你们家的？”

“是的，我经常开船到 A 城接吃江鲜的客人，然后把他们送回去。”

吴风世听了，大声叫道：“早知道这样，我们就坐船来了，开车太辛苦了。”

于质夫诡异地一笑，对大家说：“等会我们就坐船回去，让风世一个人把车开回A城。”

这个提议使大家一下子七嘴八舌起来，特别是那几个姑娘，显得新奇和兴奋。吴风世瞬间觉得很孤独，用哀求的眼光看着大家。于质夫过意不去，又说：“水面这么广阔，渡船人多了不安全。这样吧，几个姑娘跟风世坐车回去，我与叔和两人坐渡船。”

饭店老板在一旁连忙说：“不碍事，别说你们几个人，就是再增加一倍，也没问题。”

春红、月光、莲霞不同意于质夫的提议，她们也要坐船回去。莲霞看了吴风世一眼，说：“这样吧，我们一同坐船回去，毕竟是第一次穿越这么大的江面，让大家都看看风景。到A城江滩后，你们下船，我再陪风世过来，开车回去。”

众人都觉得这个提议不错，吴风世也显得很开心。

时辰还早，大家又一起沿着河街散步。

一边是稠密的房屋，顺坡而建；另一边是日光下宽阔的河流，横无际涯。河街静悄悄的，有几个女人在河畔洗衣服。映入于质夫眼帘的一个少妇正在捣衣，她蹲下后，身体随着捣衣声一动一动，浑圆的屁股就像一个生命的容器，丰盛而饱满。于质夫看得几乎忘我，眼神都直了，脚步也慢慢挪向那个少妇的背后。他边走边想，要是这个少妇是我的女人，我像那个饭店老板一样有一艘渡船，开一间江鲜馆，在这避世的桃源，这日子该是何等惬意！每天这样度着时光，在河里捕捕鱼，晒晒网，吃饱了喝足了，就抱住自己丰腴的女人，尽情地玩乐，也算是不枉此生了。于质夫这样遐想着，在少妇身后蹲下。少妇扭过头，看见了于质夫，脸上一片绯红。

于质夫从遐想中回过神来，对少妇说：“你不要停，继续捶衣，我是学过绘画的，觉得刚才这一幅图景特别适合画画。”

少妇又接着捣衣，于质夫站起身来，仿佛是为了掩饰刚才的尴尬，大声对众人说：“快点，你们都过来。”

众人正惊诧于质夫刚才的举动——他突然把他们都抛在身后，急匆匆上前，与河畔洗衣的少妇蹲在一起——见于质夫召唤他们，猜想他肯定发现了什么。

那个少妇果然美丽，是那种健康大方的美，浑圆的臀部显示着生育力的旺盛。吴风世、程叔和也都有绘画的基础，于质夫一边对他们说，一边扭头看着少妇：“风世、叔和，这一幅画面太适合作画了，这才是真实的生活。别停下，保持刚才的动作！”

少妇一下被这么多人围住，有点蒙了，她捣衣的动作也开始有些不自在。春红看透了于质夫的心思，似乎有点吃醋：“你别闹了，中午这么热，不要耽误人家洗衣服。”

程叔和目不转睛地看着浣衣少妇，对吴风世说：

“质夫真有眼光，下回我们就带着写生板在这住上一段时间。这条宋代的河街，古风犹存。这个捣衣的视角，如果再把河街的背景放上，时间改到晚上，月上柳梢头，就更典雅了。”

吴风世笑道：“那岂不是‘长安一片月，万户捣衣声’？”

“就是这样的意境，那是千年前的大唐。千年后在与A城一水相隔的山口古城堡，还保留这样的风景，就新奇了。我们绘画的时候也要借鉴一点西洋的透视法、东洋的浮世绘，这些元素叠加，表达的效果就是立体的，会得到当代人的共鸣。”

于质夫听程叔和这么一说，也有些动心：“也要带上我，我在日本留学时，学过一段时间浮世绘，江户时代的很多作品，我都观摩过真迹。”

“质夫，你听了别多心，我和风世私下里在一起聊天时，都认为你在A城待不了多久，你只是想回到生命的原点汲取能量，油加满了，你还是要远走高飞的。”

于质夫听完这话，不知该怎么回答，这些朋友有时比他更了解自己，他们与他的心灵极度默契。在走向渡船的路上，于质夫有些沉默，他注意到春红也有点闷闷不乐，她总是把心思藏得很紧，在沙洲芦苇荡对她的那句承诺，不知她是否还放在心上。

渡船在宽阔的水面上行驶，不时可见一只只江豚浮出水面，尾随在船后，仿佛是给他们护航。约莫半个时辰，芦苇密集的沙洲出现在眼前。于质夫第一次从江上这个角度观看沙洲，感觉沙洲就像一个乞丐蓬乱的头发，恣意且野蛮地生长，全不管他人的感受。而从西门外进入沙洲时，则有些田园风光的感觉。

渡船沿着沙洲行驶，河岸有点陡峭，竟然找不到停船登陆的地方，于是又驶入长江。沙洲沙滩在正午的阳光下白莹莹的，显得特别洁净，一路护送的江豚跃入江中，很快不见了踪影，众人兴奋地发出欢呼声。船停靠后，大家就在沙滩下船了。

船老板受大家感染，也走下船，赤脚在沙滩上行走。他问道："等会回程，哪个和我一起走?"

莲霞似乎有些舍不得这样美好的景致，对吴风世说："干脆你一个人去吧，我和姐妹们在沙滩上玩耍。"

吴风世有些不高兴，委屈地对大家说："这也太不公平了，你们玩得这么开心，我一个人孤零零地还要到山口去开车。"

莲霞见状，过来挽住吴风世的胳膊，撒娇地说："跟你开玩笑的。我就喜欢坐船，晒晒阳光，看看江豚，等会就我们两个人，船舱就更宽敞了。"

渡船载着吴风世、莲霞驶离了沙洲，临别时，大家相约回城后在南门小蓬莱酒楼相聚。于质夫、程叔和、春红、月光四人在沙滩上走了一会儿，又在一个向阳的坡上躺下。程叔和对于质夫说："我和风世都觉得这块沙洲对你很重要，你经常来这，可有什么故事跟我们分享吗？”

于质夫与春红相互看了一眼，然后说：“这个故事憋在我心中好多年了，不吐不快。今天周围都是我最好的朋友，我可要尽情地诉说了。”

于质夫转过脸问程叔和：“以前我们在鹿和班玩，我记得你是和碧桃在一起的，后来怎么没有下文了？”

“质夫，你这是明知故问，揭我的伤疤。自从你出现后，大家都鸡犬不宁，碧桃眼里哪有我？”

于质夫心里有些扬扬自得，与程叔和调侃道：“鸡犬不宁！叔和你也太夸张了，我在鹿和班只找了海棠，她年纪大，又有小孩，你们大家都不要的，我权当是帮助一个人。”

“质夫，你魅力四射，鹿和班的姑娘都喜欢你。”

“叔和，讲真的，在A城任教前，我是一个穷学生，很自卑的。在鹿和班找海棠，不找别的女人，是心里不敢，我其实自卑得厉害，看见年轻漂亮的女人就脸红，说不出话。海棠像我的姐姐，与她在一起我比较自然，不会担心被羞辱。”

“质夫，你这话我不相信，你那时傲得很，动不动就说洋文。”

“呵呵，那也是自卑的一种表现，自己没什么竞争的资本，只好拿留洋这段经历炫耀。其实我在日本一点也不快乐，都有些抑郁症的症状了，精神不振，身体亏空。实话告诉你，来 A 城之前，我都不知女人是什么样，天天渴望得魂不守舍。”

“越说越离谱，日本妓院那么多，你都没去过?”

“叔和、春红、月光，我那时身体很弱，青春期又犯了手淫的毛病，神经也衰弱，虽说渴慕女人，但就是起不来，我极度自卑，这也是一个原因。担心被人知道后耻笑，哪敢到妓院？况且口袋里也没钱。”

春红在一旁咯咯直笑，对于质夫说：“你又在编故事了。”

“你听我讲完，我不是在编故事。到A城后，与风世、叔和、龙庵这一班开朗的朋友在一起，我的性情也慢慢变得随和。A城各种风味的酒楼也多，天天下馆子，身体也逐渐康复起来。与海棠在一起，我感觉自己像一个侠士一样接济她，内心竟有点崇高感，而她也特别善良、温存。有天晚上太迟，城门关了，我不能回城外的学校，就在她那里留宿，她温软的肉体包裹着我，我竟然也起来了，虽然时间很短，但那是我的第一次，我再也不会自暴自弃了，因为我是一个健全完整的人，我也在憧憬一个美好的未来。”

于质夫看着程叔和，问道：“你记不记得有天中午我喝多了，碧桃送我回去？”

“那天我有印象，我和风世先走了，你醉得厉害，留下海棠、碧桃、荷珠她们几个陪你。”

“那是谁送我回去的？”

“这我就不清楚了。”

“我曾经也回忆不起来，但这次回A城证实了，是碧桃。我现在几乎可以完整地回忆起每一个细节，我们坐着人力车，从西门大街一直向这里狂奔，然后钻进芦苇荡。酒精让我浑身燥热，阳光明晃晃的，四周都是芦苇，芦秆和苇叶反射着金秋的阳光，也是明晃晃的。阳光刺得我眼睛都睁不开，我疯狂地把芦苇踩倒，在上面蹦蹦跳跳，地上全部都是倒下的阳光，活蹦乱跳的。碧桃就浮在这一片光里，我扑上去，就像大自然的光合作用，只有呼气和吸气，声音很粗重，在明晃晃的芦苇荡里回荡。我第一次觉得自己那样强大，从那时到现在，我一直都很强大，碧桃的肉体、沙洲的阳光、芦苇荡的野性，形成一道组合拳，击打我、锤炼我，强大的力量从地底上升，唤醒了我沉睡的生命能量。除了天和地，就是我和碧桃。晚霞似血海漫溢，轮船从时空之外驶来，我们的生命都得到了更新，都听到了远方的呼唤。

晚霞的血海已漫溢到江面，汽笛声在耳畔响起，我和碧桃紧紧依偎在一起，相互承诺，一起到远方去。”

众人沉浸在于质夫的叙述中，春红的眼中饱含着热泪。他们立起身，遥望身后的芦苇荡，这一片广阔的原始的生命丛林。程叔和对于质夫说：“质夫，祝贺你在A城获得了新生，能与你的生命成长故事产生联系，我们都感到骄傲。我们现在再穿越这片芦苇荡，从大自然中获取狂野的生命能量。”

于质夫与春红，程叔和与月光，一头钻进了这片迎风摇曳的芦苇荡。阳光从空中倾泻下来，与沙洲地气交融在一起，蓬乱的芦花绽放出强劲的活力，就像熊熊燃烧的火焰。

晚上到小蓬莱酒楼是于质夫的意思，并且他说了多次，今晚一定由他做东。八年前离开A城的前一晚，于质夫也是在小蓬莱宴请大家的。他这次重回A城，记忆复活，心灵苏醒，感觉已完成了此行的使命，内心有了离开的想法。在小蓬莱和大家相聚，也是话别了。

于质夫与程叔和、春红、月光一行，穿过沙洲芦苇荡从同安门进入月城后，坐黄包车到小蓬莱酒楼。看着熟悉的风景，于质夫神情有些黯然，想起上次离开时，他在这座酒楼侃侃而谈，不时凝望窗外的江景，他对未来的憧憬也感染着大家的情绪。一路走来，他竟然发现A城的生活是他人生最美好的记忆，而今再也回不去了，他与过去隔着一层玻璃。吴风世、程叔和小心翼翼地为他展示记忆的图景，他知道，那些风景只是人生的局部，他们给他看的只是他愿意看的部分，如果耽搁太久，那些残存在记忆中的美好的东西也会消失。

四人在一起玩牌，等了两个多钟头，也不见吴风世和莲霞的身影。程叔和说："他们下午从山口出发，按说早该到了。"

月光打牌正在兴头上，轻松地对程叔和说："你别担心，莲霞贪玩，下午没去沙洲芦苇荡，她肯定有点不甘心，怂恿风世到别的地方玩去了。”

于质夫打了一张牌，问春红：“山口旁边还有什么好玩的地方？”

“有啊，石门湖，百子山，景色很好的。”

“百子山是不是阮大胡子隐居的百子山？他号百子山樵。”

阮大胡子就是阮大铖，A 城天台里人，明末与叔祖阮自华在大南门外江矶结海门、中江诗社。于质夫喜欢他的五言古诗，有陶渊明的意趣。

程叔和答道：“是的，就是百子山，百子晴岚是清代 A 城十二景之一。我想起来了，山上金坑岭有一座古寺，建于南朝梁代天监年间，非常古老，寺庙旁边有一个溶洞，据说一直可以通到 A 城城内某地，太平天国湘军围城时期，很多人都从这个溶洞逃到城外活命。几年前我和风世开车到山脚下，准备爬山找这个溶洞，后来下雨，就回去了。”

程叔和这样一说，众人才有点头绪。又等了一会儿，还是不见吴风世和莲霞，更相信了程叔和的说法。于质夫有些紧张地问程叔和：“我们现在要不要向警察局报案？”

“这么晚，都下班了。况且这只是我的猜测，也许他们早已到城里了，这会正在鹿和班玩呢。”

“风世说话做事都是很认真的，他既答应了我们到小蓬莱吃饭，不会无缘无故失约的，我们要多往坏处想想。如果今晚他们没有回来，我们赶紧行动，计划要缜密，争取好的结果。”

“我方才是宽慰你的，其实我内心也很焦灼。我们先吃饭，然后到鹿和班看看莲霞有没有回来。如果她没有回来，我要连夜联系警察局，一个朋友是当差的，他就负责这类事情。”

众人吃完饭后沿着高高低低的小巷赶到金钱巷，鹿和班的招牌特别显眼。一进门一问，果然莲霞还没回来。程叔和急匆匆要离开，去找他的警察朋友。临走时程叔和对大家说，明天一早就在孝肃路省会警察局大门前会合，到山口去找风世和莲霞。

于质夫头脑热烘烘的，他本来想着在今晚的饭局上表演一番，甚至事先还作了一首旧体诗，如今觉得自己真是虚伪而迂腐，只会一点酸文假醋，事到临头一点作用也没有。他觉得程叔和对事情的反应、判断到拿出解决方案，都是特别果断的。与程叔和相比，他感觉到自己一直都是生活的旁观者，人生是一个舞台，在台上演戏的是风世、叔和他们，而他只是下面的观众，偶尔到台上与他们互动，也是身在曹营心在汉。他不是不想投入生活，而是太爱惜自己的羽毛了，不想弄脏，不想冒一丁点风险。过去，他一直游离于这个团队，嘴里经常冒几句洋文，表明自己与这个团队的疏离。这一次重回A城，他感觉自己还是没有融入这个团队，他只索取他需要的东西，他只看他愿意看的东西，他对他们并不关心，他以审美的态度观察他们，而拒绝进入他们真实的人生。

如今吴风世失踪了，这对于质夫的心理是一个冲击。这些日子他已习惯了风世为他所做的一切，坦然接受，仿佛理应如此。这时于质夫才认识到，吴风世是一个多么好的朋友，从第一次见面到现在，始终如一地关心着他。

晚上于质夫在床上翻来覆去睡不着。他原本就是一个渴慕任侠的人，不是一个自私自利的小人，他内心里都明了，只是不懂得表达。他觉得明天是一个机会，不管多么艰苦，一定要找到风世和莲霞。他要让他们知道，他是多爱他们，多在乎他们，内心多感激他们。他和他们是同类，是一个团队，一直都是。这些年无论在何处，他们一直都在他的心里珍藏，和他们在一起的日子，这些充满希望的青葱岁月，也是他生命中的光辉岁月。

第二天天蒙蒙亮，于质夫就赶到省会警察局门口，程叔和、春红、月光也到了，众人上了一辆警车。车上的警察就是程叔和的朋友，戴着一副眼镜，文质彬彬。程叔和向他介绍于质夫：“这是于教授，在A省大学任教，他的关于A城的小说我们以前都读过的，他和吴风世是同事，也是好朋友。”

接着他又对于质夫说：“这是钟警官，我们是中学同学，在圣保罗读的，也是足球队队友，现在A省大学租的就是我们当年上学的校舍。”

钟警官握住于质夫的手，一副受宠若惊的样子：“久闻于教授大名，幸会。”

于质夫握住钟警官的手，感激地说：

“风世、叔和都是我在A城最好的朋友，八年前我第一次到这里教书就是好朋友了。辛苦钟警官，一定要找到风世。”

车子启动了，钟警官神情很放松，他安慰于质夫说：“于教授放心，昨晚我与叔和在一起讨论了很久，估计多半有可能还是在金坑古寺旁边的溶洞里迷路了。这种事几乎每年都发生，那个溶洞很深，里面路有很多条，搞不好就迷路了。去年暑假有几个从南京回乡的大学生在里面探险，失踪三天才被发现，找到时，他们都已经虚弱不堪了。其实洞里有水喝，他们带的食物也足够吃，就是恐惧、绝望这些情绪把他们击倒了。”

“听说这个溶洞可以一直通到A城城内，是不是真的？”

“是有这个说法，但没有人证实。据说太平天国时期，湘军围城，城内食物都被吃光了，有一个市民刨地找吃的，结果发现了这个洞。街坊相互秘密传告，从这个洞潜行到金坑岭出口，都活过来了。最后一批离开的人为了防止军队追击，把洞口挖坍塌了，现在很难找到。”

程叔和补充道：“只有在 A 城找到洞口，才能找到溶洞里面的这条路。从金坑岭洞口进去，是很难找到的，里面像迷宫一样。”

警车开到山口古城堡那家江鲜馆，船老板正在渡口晒渔网，看到警车来了，吃了一惊。钟警官下车后走到他身边，指着于质夫、程叔和、春红、月光一行人问他：“你认识他们吗？”

“认识，昨天中午在我家饭馆吃饭的，然后我又划船把他们送到河对面的沙洲。”

“还有两个人呢？坐船返回的一男一女，他们要过来开车的。”

“我把他们送回来后，招呼他们喝茶，他们也没喝，就开车走了。”

“什么时间？”

“昨天下午一两点钟。”

“路上两人互相说过什么吗？”

“他们一路商议到哪里去玩，说了很多地方，什么石门湖、龙珠山、金坑寺、集贤律院，好像谈得多的就是金坑寺旁的那个山洞。”

众人听到这里，没再停留，赶紧驾车向金坑寺方向开去。开了一段时间后，转到弯弯曲曲的山间小路，路的尽头是一座山峰，有一片开阔地，停了一辆车，正是吴风世开的车，众人兴奋得大喊大叫。

这座山峰就是金坑岭。攀上山后，一座古寺映入眼帘，在清晨的阳光中色彩明丽。庙门是敞开的，众人进去后，在里面转了一圈，没发现僧人。程叔和说：“这座山庙很偏僻，交通不便，所以僧人很少。”

约莫半个时辰后，一个出去砍柴的僧人回来了，身上背着柴火。程叔和帮僧人卸下柴火，然后问道：“法师，昨天下午可看见有一男一女到庙里来过？”

“昨天下午我在寮房干活，不清楚，等会师父从外面摘菜回来，你们问她。”

僧人把他们带到寮房一间小屋，沏上茶后，就到庭院扫地去了。阳光从窗户射进一个光柱，在地上慢慢移动，古寺出奇地寂静。钟警官的话音打破了寂静，他的声音在房间里有些回音，显得有些怪异：“那个溶洞我虽然来过几次了，但每次都找不到洞口，等会师父回来后问问情况，叫她带我们去找。”

程叔和回忆道：“几年前我和风世来过一次，到了山脚下就下大雨，结果没敢上来。车子往回开，刚刚出山，天就晴了，还出了一道彩虹，就在金坑岭山峰上面，我们后悔得不得了。到这里来肯定是风世的意思，他要完成当年的愿望。”

钟警官啜了一口茶，对大家说：“这座寺庙的住持是一个尼姑，法号了真。她平时说话不多，两耳不闻窗外事，很少与外人交往。金坑寺地处偏僻，人迹罕至，很少有人布施，就是有信众布施，她也不愿意接受，说信众家里生活也艰辛，更需要柴米油盐。金坑寺周围的一些荒地，都是了真师父组织开垦的，种粮食，种蔬菜，基本够寺庙吃了，有时还接济一点给信众。”

他们正说着，忽然发现门口站立着一个身影。由于是逆光，面容黧黑，看不清楚，但于质夫已经嗅到了一缕熟悉的气息，茶杯差点打翻，他紧张不安地站了起来。

进来的就是寺庙的住持了真法师。当于质夫和程叔和辨认出了真法师就是海棠时，二人大吃一惊。实际上，昨天下午吴风世在寺庙见到海棠，也同样大吃一惊，他和海棠一直聊到晚上，夜里就在寺庙留宿，此刻他和莲霞还没有起床。

当了真师父平静地说出情形时，众人皆松了一口气，真是虚惊一场。钟警官对程叔和说：“那我就先回A城了，你们几个就坐他那辆车，看来这次你们的行程还没有结束。”

程叔和感激地握住钟警官的手：“谢谢老同学，改天和风世、质夫请你吃饭。”

了真师父也离开了房间，双手合十，对大家道：“我去看看风世有没有起床，你们先坐。”

房间里恢复了宁静，从窗户射进的光柱，依然在地上慢慢移动。刚才这一幕发生得太突然了，于质夫还没有好好消化，他迟疑地看着程叔和，眼神有点呆滞。程叔和见于质夫有些怀疑他知情不说，连忙摆摆手：“质夫，我真的不知道，这么多年我也是第一次见到海棠。”

“你不是说她们过得很好吗？”

“我们知道你一直关心的是碧桃，她过得还不错。以前在鹿和班我们很少关注海棠的，你找海棠也不过是一个掩护，其实你心里想的还不是碧桃？这个谁不知道？”

为了撇清嫌疑，程叔和三下五除二就把当年的事情戳穿了，于质夫有些哑口无言。这次重回 A 城，是要拾撷过去的记忆，最令他兴奋的当然是和碧桃在一起的时光。但当时在鹿和班，表面他都是与海棠在一起，最先发生肌肤关系也是与海棠。如果说他与碧桃的关系是审美愉悦的，与海棠的关系则是伦理的，有些令人沉重。

程叔和叹了一口气，对于质夫说：“当年你到鹿和班时，海棠都三十几岁了，还带了一个七八岁的小孩，很少有人找她的，也幸亏你不断接济她。你走后不久，她就离开了鹿和班，听说在大南门开了一家茶叶店。”

“这次回来，也算是见着了。其实年纪大了，把寺庙作为归宿，是一个不错的选择，我看她气色还不错。”

“对对对，我也注意到了，脸色红润，皮肤光滑。她在鹿和班的时候，脸色苍白，成天无精打采的，养得还没有现在好。”

屋内的春红、月光听说了真师父就是当年鹿和班的海棠时，都颇觉神奇。春红因为多次听于质夫讲过海棠和碧桃，当见到现实中的海棠时，她心里也明白了是怎么一回事。

实际上，于质夫并没有做好与海棠重逢的准备。八年前，海棠是他出入风月场所的护身符，他获得了一个道德许可和心理安慰。而这次回 A 城，他与风世、叔和念叨要见海棠、碧桃、荷珠她们，他欲望和情感的目标只有碧桃，海棠又成了他的一个冠冕堂皇的借口。于质夫这种自欺欺人的心思，程叔和非常清楚。当于质夫盯住他看时，程叔和非常心虚，担心于质夫误以为是他设局故意让他们两人见面。

吴风世和莲霞走进屋，还是睡眼惺忪的。程叔和狠狠拍打了一下他的肩膀，大声叫道："你吓死我们了，昨晚一夜没睡，一大早警车就过来找你。"

"质夫、叔和，实在抱歉，让你们担心受惊了。我昨天见到海棠，简直惊呆了，谈了一下午，两人都是眼泪迷离的。天黑了，山路上也没法开车，只好留宿在这里。这里没有电话，也没法和你们联系，知道你们会担心，但没想到你们这样重情重义。”

于质夫过来与吴风世拥抱，说道：“有些东西失去了才知道珍惜。昨晚想起你对我的种种好，竟流了很多眼泪。风世你真是一个好人，我发誓就是牺牲掉自己的性命，也要把你找到，我不要你们把我当作一个爱惜羽毛自私自利的人，我和你们是兄弟，是一伙儿的，大家同生共死。”

听了于质夫这一番发自内心的话，吴风世非常感动，程叔和也走过来，三个人的手紧紧握在一起。

在吴风世、程叔和眼里，于质夫只是一个过客，他的世界很大，A 城只是他人生的一个驿站。后来他写了那些小说，记录他们在 A 城的时光，使得当年的记忆得以永远保存。这次于质夫回来，原本他们以为他只是怀怀旧，找一些写作感觉，但没想到他这么认真，那段生活在他的人生中那么重要。他不想成为一个游离者，他要他们接受他，把他当作他们中间的一分子，快乐和痛苦，都要一起承受。

如今海棠毫无预兆地来了，还有她背后神秘的人生故事。吴风世对于质夫说："质夫，昨天我和海棠聊得最多的还是你。你不知道，海棠这些年一直爱着你。她和她的老公早分开了，孩子上大学后，她就把她的茶叶店盘掉，在金坑寺出家。以前她就是这座寺庙的居士，老家离这里也不远。"

于质夫默默地听着，心情回到中年，那些虚妄的青春的感觉荡然无存。房间里那个光柱已移到了门口，散发出山庙寂静的气息。

大家又寒暄了一会儿，吴风世把于质夫叫到门外，指着山下幽深的峡谷说："质夫，我带你去前面，那里是欣赏百子晴岚最好的地方。"

"百子晴岚，A 城十二景之一，昨晚叔和告诉我了，明末戏曲家阮大铖隐居的地方。”

“是的，其实百子山的精华部分就在金坑岭这一带，不但寺庙古老，风景也绝佳。”

两人边走边说，迎面就是一个巨大的峡谷，飘浮着薄雾，上方有白云流动，在朝阳的照射下，乳白色光线洒满山壑，风景不断变幻，像一幅水墨画。峡谷里古村落时隐时现，一派田园风光，这真是不知有汉，无论魏晋的世外桃源。于质夫贪婪地看着风景，呼吸着新鲜的空气，不觉有些陶醉，说：“风世，我也想学阮大胡子在这里隐居，他号百子山樵，我就以这座寺庙为家，号金坑居士了。”

吴风世听了，哈哈大笑：“你得先与了真师父商量，她同意了才行。”

“开玩笑的。风世，你昨天与海棠聊了一下午，都聊些什么？”

“质夫，你别心虚，你的那些破事我们都知道。在我与叔和眼里，你就像一泓清水一样单纯、清澈，待人真诚，又没有世俗的陈腐气息，大家都喜欢你。”

吴风世辨认着山谷中薄雾缭绕的村庄，对于质夫说：“你看，就在那里，海棠的娘家就在那里。海棠从小在这里长大，父母都虔诚地礼佛，这座寺庙海棠小时候常来，她嫁到A城后，还时常来庙里布施，几十年风雨无阻。寺庙偏僻，留不住僧人。当家师父年纪大了，多次要海棠剃度出家，延续庙门香火。海棠本来就与佛有缘，也就出家了，刚到寺庙不久，师父就圆寂了。”

于质夫从来没有真正了解过海棠，在鹿和班与海棠交往，一方面那时自卑的他还没有胆量接近年轻漂亮的姑娘，一方面显得自己有侠义情怀，可以获得一种道德的满足。没想到，海棠比他高尚得多，也比他真实得多。与海棠相比，他觉得八年前的自己是在装腔作势，有时自我膨胀，有时自卑作践，而海棠，无论在鹿和班，还是这座寺庙，都是那样从容淡定，源于本性的善良、仁慈，由内向外散发。

于质夫有点蔑视自己，他从来没有真正平等地对待海棠，在学校学生面前大肆谈论她，说她丑、年纪大、无人问津，把自己扮作一个接济弱势群体的高贵的人。实则他也并没有给她多少帮助，从她身上索取的更多，那是他最需要的。青春期性欲亢奋的他，从来没接近过女人的肉体，海棠成熟的身体满足了他所有的幻想，先前手淫过度引起的器官的毛病也不治而愈。这样一个满足他真正的需要，像情人和母亲一样关怀他、爱护他的女人，他居然从来都是轻蔑地对待。尤其无耻的还有，他那时想追求碧桃，却没有胆量，央求海棠从中撮合。碧桃后来愿意和他接近，也是海棠在碧桃面前为他讲了很多好话，碧桃才开始留意他。这个于质夫心里很清楚，他又担心昨天吴风世和海棠聊天，她会说出这些如今让他觉得丢人的细节，这只会让他感到惭愧和内疚。

吴风世没有注意到于质夫的心理变化，此刻于质夫已经如坐针毡，脸上露出焦躁的表情。吴风世继续对于质夫说："等会我们到山谷村庄走走，那个古村落里都是明清建筑，雕梁画栋，古风犹存，村民很纯朴，很多人一生也没出过这个山谷，他们知足常乐，延续着祖先的生活方式。"

于质夫平复了一下自己的情绪，与吴风世下山，走进峡谷。四周清脆的鸟鸣声，混合着吴风世时断时续的话语："海棠和她老公是从小指腹为婚的，老公在城里倒扒狮开店做布匹生意。开始两口子生活很幸福的，还生了一个儿子。后来不知从什么时候起老公染上赌博的毛病，没多久就把店铺输光了，性情也大变，经常动手打海棠。他在赌场越陷越深，欠了一屁股债，无奈之下，海棠只好到鹿和班来了。她是一个良家妇女，儿子没人带，还带在身边，自然很少有人光顾她了。海棠说很感激你，你留洋回来做教授，不嫌弃她，那段时间正是她最困难的时候，多亏了你的帮助，而且你还经常说一些道理给她听，让她自立自强。所以你走后不久，她就离开了鹿和班，在家附近开了一家茶叶店，卖的都是金坑岭村民种植的茶叶。”

于质夫听了，心里宽慰许多。他想起以前道貌岸然地给海棠说过许多人生大道理，大多是在床上他们做完了事之后，他过剩的荷尔蒙无处发泄，没想到海棠把每一句都听在心上。

“她老公有次又欠了一大笔赌债，独自跑路了，从此不知所终。债主找海棠母子逼债，海棠硬是靠茶叶铺子挣钱把赌债还了，人也老了很多。儿子上大学，寺庙就是她唯一的精神寄托。不过昨天我和她说起你又回到了 A 城，我感觉她脸上甚至整个身体，都在放射光芒。”

他们之间当然有太多的故事，在于质夫记忆的选择中，与碧桃在沙洲芦苇荡的激情遮蔽了这一切。有段时间，他与海棠在一起生活，在一起吃饭，在一起睡觉，让他感到闲适，经历了青春期的狂暴躁动，以及异国他乡的漂泊流离，这种生活是他需要的，为他疗伤，让他恢复元气，海棠的角色像情人，像姐姐，像妈妈，又像女仆。人性实际上是很龌龊的，尤其情侣之间，伤害你的人，你往往能记得一辈子，而那个对你好的人，你视作理所当然，甚至蔑视他的存在，一点也不关注他的内心世界，他只是一台不断地满足你各种欲望的机器。而自己给他的那一点点好处，你都记得清楚，心里很满足。在于质夫对 A 城的记忆中，有的放大了很多，也有的浓缩了很多，而浓缩的部分，主要是他和海棠在一起的日子，他认为不那么浪漫的时光。

吴风世领着于质夫走进古村落。水口有一棵茂密的樟树，沿着溪流进村，一路流水潺潺，古村落的民房就散布在溪水两侧。

溪流声很响亮，特别是落差比较大的水段，像瀑布一样发出轰鸣声，吴风世说话的声音也越来越大。

“昨天下午海棠带我进村，以前我从来不知道这个地方。海棠是家中独女，在村庄里辈分挺高的，村民们都很敬重她。”

这个生机勃勃的古村落颇似于质夫的老家，他处处都感到亲切。溪上横跨各式各样的廊桥，村里的小孩们在桥上玩耍，来回奔跑，清脆的童音在水面回荡。一个老太太拄着拐杖，在溪畔行走，向他们露出和善的笑容。吴风世也笑着与老太太打招呼，对于质夫说：“这个老太太昨天我也见过，九十多岁了，在村里年纪最大。不过她辈分比海棠还低一辈，昨天看见海棠叫姑姑，我差点没笑出声来。”

来到一处门楣高大的房屋，里面书声琅琅。吴风世和于质夫走进去，有四进深，后面还有一个花园。花园里有滑梯、跷跷板等儿童游乐设施，是孩子们下课、放学后活动的场所。于质夫惊叹地说：“真没想到这个村庄还有这么好的学堂。”

“这栋房子就是海棠祖上传下来的。父母故去后，海棠很少回来住，当年她的老公和债主们都逼她用这栋房子抵债，她没屈从，而是把房子捐给了宗族办学堂。花园里这些游乐设施也是她省吃俭用，一点一点置办的。”

于质夫内心有些震惊，这是一个完全不同的海棠，在山泉水清，出山泉水浊，在古老的村庄受人尊敬的乡贤，在A城却是一个被侮辱和损害的角色，连他都朝她身上泼过脏水，嘲笑她愚笨、木讷。他忏悔地对吴风世说：“与海棠相比，我是肤浅的、虚假的，也是贫瘠的。我真为八年前的浅薄自私感到羞愧，我从她身上不断地索取，视为理所当然，付出了一点，恨不得让全世界都知道自己的慷慨。而她这么多年忍辱负重，还在为宗族、寺庙默默付出，她身上都是慈悲和宽恕，没有一点怨恨。就像我，曾经那么轻蔑地对待她，她却只记得我的好处。”

“质夫，我也是和你一样的感受。在鹿和班，我只迷恋那些年轻风骚的姑娘，根本就没注意过海棠。你和海棠在一起，我与叔和还拿你取笑，笑你毕竟是从东洋留学回来的，口味独特。”

两人从屋里出来，来到一个茶馆。喝茶的都是村民，抽着黄烟，相互聊家常。见到于质夫、吴风世这两个异乡人，他们都很客气地打招呼。喝的茶就是金坑岭本地产的绿茶，清香扑鼻，余味悠长，旁边还有卖生煎包、大饼、油条的。吴风世买了几个生煎包，两人边吃边喝，在周遭热闹气氛的感染下，他们心情愉快，嗓门也大多了。

“质夫，这一次回来，你应该高兴才是，有这么多新的发现，我觉得我们可以再做些什么。”

“是啊，我也这样想。海棠盘掉的茶叶店，我们可以帮她赎回来，卖茶叶赚的钱可以贴补学校。我觉得，我和海棠还可以再做一次朋友，敞开心扉，把憋在心里的话全倒出来。”

“希望能那样。我周末可以过来教教孩子们，叔和也可以给孩子们捐一些文具和书。”

坐在两人旁边的一个老伯吸了一口黄烟，嗓门挺大地问他们：“两位先生是从哪里来的？”

“我们从A城来，是海棠的朋友。”

“原来是海棠奶奶的朋友，失敬失敬。昨天下午我看见了她，从山上庙里下来，到学堂了。”

“我们都在A省大学教书，以后会经常来的。”

“谢谢先生。我们村偏僻，以前有一个私塾，教书先生过世后，就关门了。海棠奶奶捐了自家的房子办学堂，老师是她从城里请来的，我们全村人都感激她，她可真是一个活菩萨。”

吴风世听了老伯这番话，对于质夫说：“那个教员刚才上课，就没打招呼了。他是碧桃老公报社的同事，湖南人，叫倪飞，个性比较倔强，和主任、社长关系搞得都比较僵。正好这所学堂的教员走了，海棠找碧桃推荐教员，她老公就推荐了他。他在这里任教一年多了，就怕待不长。”

于质夫想起倪龙庵，他们从前在法专的同事和朋友，也是湖南人，如今一直没有音讯。

“倪飞认识倪龙庵吗？好久也没见过他了。”

“倪龙庵来 A 城任教之前，是湖南一师教务主任，倪飞是他的学生，也是他的族侄，就是他介绍倪飞到 A 城报馆的。不过，倪飞刚来不久，倪龙庵就回去了。”

“龙庵兄很幽默的，说话不紧不慢，当年他比我们大十多岁，我们还是谈得来，也玩得来，真希望他也能回到 A 城。”

“那就热闹了，等会我们去问问倪飞，或许他知道倪龙庵的一些音讯。”

在熙熙攘攘的茶馆，于质夫和吴风世聊着故人，怀想着往事，而那些喝茶的村民，也和他们一样，相互谈论着亲朋故旧的音容笑貌，点滴细节，如烟往事。两人站起身，走出茶馆，又来到学堂。正好是课间休息时间，倪飞在天井中伫立，秋天的阳光射向他，相貌很有立体感。

倪飞认出了吴风世，他迎上前说：“是吴老师，海棠师父今天没来呀？”

“她在寺庙。这是于质夫老师，刚从上海到A省大学任教。”

“于老师我太熟悉了，经常听海棠、碧桃讲起，你长得与碧桃的老公还真像。”

于质夫听到碧桃的名字，心脏又是一阵狂跳，他问道：“怎么，你经常见到碧桃吗？”

“这所学堂碧桃背后也出了不少力，我也是被她们感动的，只是待在这里时间久了，很是寂寞。”

于质夫突然有一种柳暗花明的感觉，这些年在梦中的那些人物，此刻都在这所学堂复活了，他由衷地感动。而站在这所学堂，再回顾他以前的生活时，他也觉得从前的自己有许多珍贵的品质，并非一无是处。

“于老师，你的书我都读过，你和她们的故事我也太熟悉了。她们就是在你的感染下办起了学堂，时时都以你作为人生榜样。”

于质夫精神一下振作起来，八年前给海棠、碧桃说的那些励志的话，现在又想起了许多。人到中年时，往往有一种颓废的倾向，以这种态度回忆过去，也蒙上一层颓废的阴影。而她们一直记着他的话，朝气蓬勃，身体力行，积极向上，这或许就是当年真实的他，也是他这次重回 A 城所要寻找的。他丢失的自我，在她们身上生机勃勃地复活了。

离开学堂时，于质夫才想起向倪飞打听倪龙庵的消息。当年在鹿和班，倪龙庵和翠云的关系很好，翠云年纪比海棠只小几岁，但与木讷的海棠不同，她在风月场多年，打扮入时，风韵犹存，令人忘记了她的年龄。只是她体质较弱，打牌时经常咳嗽不止。每逢翠云咳嗽时，于质夫就心慌意乱，动不动就出错牌。众人摸透了于质夫的这个特点，和牌的关键时刻，于质夫要出牌时，常常咳声一片，此起彼伏。

想起往事，于质夫脸上不觉浮出笑容，嗓子也开始痒起来，干咳了几声。而倪飞此时的回答，让于质夫有些不可捉摸的笑容在脸上瞬间凝固了。

“龙庵叔叔带着翠云在湘西隐居。”

吴风世也愣住了，问倪飞：“你叔叔回过A城吗？”

“没有，龙庵叔叔回湖南后，在长沙教了几年书，后来觉得长沙局势比较混乱，正好同宗在湘西一个偏远山区办了一所宗族小学堂，龙庵叔叔就辞职去了。我到这里来教书，也是受到他的影响，越偏僻的地方越需要办教育，也越能体现自身的价值。我在报馆是可有可无的，多我一个、少我一个都无所谓，但在这里，孩子们都需要我，我觉得活着才有意义。”

“那你叔叔后来怎么与翠云联系上的?”

“三年前吧，龙庵叔叔写了一封信给我，要我打听一下金钱巷鹿和班翠云的近况。我就去了，在一间阴暗的小屋里找到她，她的头发都有点花白了，和一只猫住在一起。当我说到是龙庵叔叔要我来看她时，她就哭起来，开始是压抑的抽泣声，后来就失声痛哭了。我把她的情况写信告诉了龙庵叔叔，他回信给我，要我抽时间把她带到湘西他教书的地方。”

没想到倪龙庵这样有情有义，于质夫顿时又陷入自责的内疚情绪中。他与吴风世、程叔和一样，说到底还都是玩客，从没有真心地、平等地对待她们，她们就是做得再好，他们也视若无睹。倪龙庵比他们年长十几岁，饱经人间沧桑，懂得珍惜情义。而现在他们似乎也懂得了，但有什么用?碧桃、荷珠早嫁人了，海棠的心也早就死了。世上最难得的是真情，当他们领悟时，已经错过了。

倪飞向他们回顾了那一次难忘的行程，他对于质夫、吴风世说：“你们一定要好好对待海棠、碧桃，也不是赎罪，她们遭受了那么多屈辱，心里也曾经那么悲苦，但她们都不改善良的本色，坚定地做她们认为有意义的事情。翠云其实也读过不少书，是龙庵叔叔的好帮手。”

倪飞接到倪龙庵的回信后，到鹿和班又找到翠云，把信给翠云看。翠云看完信后，呆滞的眼球像是燃烧了一样，发出希望的光辉。她拉着倪飞说：“我们什么时候走？”

“我今天到报馆请假，然后去买上海到武汉的船票，如果顺利的话，明晚我们就可以出发。”

第二天夜里，倪飞、翠云来到大南门招商局码头，登上了上海开往武汉的轮船。昔日的几个好朋友海棠、荷珠、碧桃都来给她送行，羡慕翠云晚来有好福气。两人到了武汉后，又转乘火车到长沙，从长沙坐汽车到湘西。湘西到倪龙庵教书的山区不通汽车，两人有时走一段路，有时坐一段马车。随着一路市镇越来越小，风景越来越荒凉，倪飞担心翠云会有些失望。但相反地，距离倪龙庵越来越近，翠云的眸子也越来越亮，她的头发甚至都发出光泽，脸色红润，与第一次与她见面相比，年轻了许多。人活着要有希望，希望才会点燃生命的烈火，而没有希望的苟活，是直接面对死亡的行尸走肉。

终于抵达了湘、川、贵三省交界处的山中小村落，这里繁衍的是倪姓的一支，当年躲避战乱迁移到这里。倪龙庵早就带着学生们站在村口大树下等待他们。当他与翠云相见时，两人抱头痛哭，倪龙庵说："我们都老了。"

这个山间小村给了倪飞刻骨铭心的印象，以至于后来海棠、碧桃带他来到金坑岭山谷中的这个村落时，看到相似的风景，想到要做像龙庵叔叔所做的那样有意义的工作，他很快就答应了。

倪飞陪伴了倪龙庵、翠云一个多星期后，就离开了。那几天，翠云精神焕发，就像是脱胎换骨变成了另外一个人。她做事麻利，打扫卫生、做饭菜、修桌椅样样都会，还会教书。倪龙庵一个大学教授，教这些孩子，有些大材小用，讲得也比较枯燥。而翠云只要稍稍备课，就讲得绘声绘色，她的江南口音也很好听，学生们听得如痴如醉。真是人才呀！倪飞不禁在心里惊叹，而倪龙庵则是一副满足的表情，坐在教室后面静静地欣赏着翠云。傍晚时分，两人吃完晚饭，相互牵手在村里散步，好像有说不完的甜言蜜语。村民们都很尊敬他们，见到后都恭恭敬敬地向他们鞠躬。

于质夫听完后，眼里噙满泪水，心里欢喜地骂了一句，这个老夫子！他为翠云的归宿感到高兴，他还想象着以后与风世、叔和、海棠、碧桃、荷珠一起到湘西看望他们，这些人终究还会聚在一起的。此刻再看倪飞，于质夫心里充满爱怜。倪飞是倪龙庵的晚辈，也是他的晚辈，在倪飞身上可以看到自己的昨天。于质夫对倪飞说：“你就好好在这里教书，像你叔叔一样，他给我们树立了一个很好的人生楷模，就如同归隐江湖的范蠡和西施，让人羡慕。而关键的是，他重情重义，今天听你一席话，我的心灵受到了一次洗礼。过去我太年轻了，错过了很多，但是，他们都还没有走远，都在我的身边，我还有机会。我们这些人重聚在一起了，大家的生命进入一个新的阶段，这本身就可喜可贺，还增加了你，倪飞，我们的力量更强大了。八年前，这个团队让我的生命得到了改善，但我得到得多，付出得少。其实只有付出，才能升华自己的生命，得到更大的快乐。就像龙庵，找到了自己的幸福，与翠云在一起度过人生下半场，而我没有机会了。倪飞，今后我会努力帮助你的，你不会感到孤独。这所学校有海棠的心血，也有碧桃的心血，以后我们共同用生命来培育它。”

当于质夫从峡谷古村落回到金坑寺与海棠面对面坐下时，他的心情变得很坦然，他不再关注海棠容貌的变化，甚至他与海棠在鹿和班的那些往事，都已经变得很模糊。眼前的了真师父，面目慈祥，不时地给他倒茶。约莫半个时辰过后，于质夫几乎忘记了了真师父就是以前他熟悉的海棠。

“方才我和风世到山下参观了你捐建的学校，真是感动，你给我们树立了一个榜样。”

“你过誉了，这是大家的功劳：碧桃、荷珠都出了很多钱；倪龙庵和翠云还从湖南寄来了不少教科书；倪飞也是一个不错的小伙子，在这里也坚守快两年了。”

“我也见过倪飞了。我现在又回到A城教书，以后只要有空的时候，也来给孩子们上上课。”

“有劳你费心了。听风世说你在上海有家室，妻子小孩都需要你。我们都知道你这次回A城是念及旧情，你看我们大家过得都很好，你应该也放心了。人生是一场向前的旅行，你还会认识新的朋友，他们对你也会像我们对你一样，真诚，友爱。有时候过去的事情不必翻起，过去的人也无须再见，放下就好了。”

于质夫听了心里堵得慌，眼睛也变得潮湿，他对海棠说：“这个道理我懂，我也知道没什么结果，但就是忍不住。”

“忍不住也要忍，这样对大家都有好处。这次回来你见了碧桃，碧桃都告诉我了。当年你离开A城的时候，她还是一个纯情的小姑娘，过了好几年才把你忘掉，嫁给了现在的老公。他们生活很美满，你回来和她见面后，她又开始变得烦躁不安，六神无主，到寺庙来了好多次，和我聊天，她对你还是有希望的。可是，她的老公、小孩怎么办？他们的家庭那么和睦，我每次去他们家都不想离开，太温馨了。”

“我没想到会这样，这么多年过去了，我还是像以前一样自欺欺人，我以为自己是单身，碧桃也是单身，甚至知道她结婚了，心里也拒绝承认。我把时光定格了在八年前，大家都没变，我们还可以重新开始，前面依旧充满希望，这种自由的感觉让我不想放弃。”

“质夫，八年前你也是这样，感染了我们，让我们对自己的前程有了新的渴望，所以我们重新选择了自己的人生，生命变得比从前有意义。虽然你有时候情绪也忧悒，也有些悲观厌世，但你身上散发出的光芒，是活泼泼的，直射到人心，力量那么强大，足以让我们有重新选择的勇气。”

“海棠，你这话是鼓励我的。实际上离开 A 城后，我东奔西跑，最后在上海安家落户，也有了名气，但是感觉过得并不好。以前在 A 城的日子无忧无虑，有你们这些朋友宠着我，青春期损害的元气得到恢复，那时我对世界的感觉多么清新，内心的希望又多么真实，不像这几年，肉体迟钝，心里一片荒凉。这段时间我重回 A

城后，过去的感觉好像在恢复，身心又有了轻盈自由的感觉。”

“阿弥佛福！你已人到中年，不可以再像以前那样孩子气了。你的这些感觉，是他们牺牲换来的，他们从来不会向你抱怨生活，并不是他们的生活就那样如意。他们珍惜与你的友谊，在你面前编织了很多光环。你知道程叔和生意濒临破产吗？你知道吴风世肺病很重吗？他们都不会和你说的，尽量给你带来欢乐，他们也知道你终究是A城的过客，不会停留很久的。”

于质夫听完这段话，一片茫然，那么快乐的叔和、风世，怎么会有这样的人生景况？他感到有些错愕，嗫嚅道：“他们怎么都不告诉我？还是没有把我当作团队的一员。”

“质夫，你也不要想太多，我告诉你这些的目的就是，过去的就过去了，不要纠结，不要沉迷，人生这一页已经翻过去了。大家都生活在当下，要正视现实。你重回A城的这些日子，过去的朋友都已重聚在一起，你如果真爱他们，就祝福他们，不要想着再索取了。他们能给予你的，都尽可能地给了。如果他们要改变自己现在的人生轨道，回到虚幻的过去，这个结果恐怕他们不能承受，你也不能承受。”

“那么了真师父，我该怎么做?”

“你还是回到上海去，回到你的生活轨道，家人需要你。大家都各自安心于自己的人生轨道，交汇时互相祝福，这就够了。”

“我原本也有这个想法，A省大学聘任我为文学院教授，现在却要我先教预科，他们违背了约定，我也有辞职的理由。”

“碧桃的性情很烈的，你走后那些日子，原有那么一个成天欢笑的小姑娘，一下子变得病恹恹的，好几年时光都是这样，结婚以后她才慢慢恢复过来。她老公对她特别好，对她也有大恩，是他拯救了碧桃。你这次回来与碧桃见面，他其实也知道，有次和我说，假使碧桃有一天真的跟你走了，只要她快乐，他就是开心的。”

在于质夫的感情世界里，只有他和他喜欢的女人，其他人都排除在他的视线之外，要么视而不见，要么佯装不知，他像孩童一样生活在自己的世界里。海棠最了解他，当她把这一切倾倒出来时，于质夫像兔子一样受到惊吓，他没有心理准备去面对碧桃的丈夫，也没有信心能够给碧桃更好的生活。此刻，他只想逃跑，逃出 A 城，理由都想好了。没有人会在于质夫面前把这层窗户纸捅破，海棠凌厉地做了，A 城不再是恬静的田园，而只是另外一个现实世界，与别处并没有什么不同。

中午，一行人在寺庙里吃完斋饭，了真师父带领大家到田园参观。从寺院向山后行走几里路，山中有一块平坦的土地，收割完庄稼后显得特别空旷，两旁的低坡上长满了绿油油的青菜。了真师父说：“这里的粮食和蔬菜我们根本吃不完的，都要送一些给山下的学校，你们也可以采摘一些蔬菜回去，很新鲜的。”

春红、月光、莲霞听了很高兴，到园子里采摘去了。因为知道了吴风世、程叔和的事情，于质夫和他们在一起时，说话便不像以前那么自然，他不时仔细端详吴风世的脸色，心里有一丝担忧。走在前面的吴风世在田埂上脚下一滑，于质夫忙上前将他扶住：“风世，你要小心一点。”

“好久没走这样的乡间小道了。质夫，你往常都是有说有笑的，今天怎么有些闷闷不乐？”

“上午往返峡谷，有点累，你的精神倒很好。”

“质夫，我和你一样累，都是拖着脚步走路，但是心情舒畅。从昨天到今天，我悟出了很多道理，或许真的开始进入中年了，责任多于享乐。回 A 城后，我要像了真师父还有龙庵兄一样，做一些有意义的事情。”

程叔和沿着田埂走到田野中间，奔跑了一阵，阳光在他的背后闪闪烁烁。然后他停住了，站在那里，背对着他们，用手臂不断地揩拭着眼睛。吴风世、于质夫也走了过去。于质夫鼻子酸酸的，将两人抱住，轻声说：“风世、叔和，到A城后，过两天我可能就要从A省大学辞职回上海了。我这次重回A城，本来就是想看看你们，现在很圆满了，我的愿望都实现了，我觉得自己该走了。”

吴风世、程叔和两人听了于质夫的话，并不觉得意外，三人又紧紧地拥抱在一起，互道珍重。

了真师父在田埂上远远地看着他们，双手合十：“就此别过，相忘于江湖。”

从田园返回的路上，与了真师父道别后，众人在送行的法师的指引下，找到了那个溶洞，决定进去探视一下。法师对大家说：“这个溶洞很深，现在时间也不早了，你们还要赶回去，我们只行进到洞口里面的第一个大厅，然后就返回。”

众人皆应允。法师手举一个火把走在前面。进入溶洞后，下坡一直往下走，石块越来越潮湿，到了底部，穿过一条狭窄而悠长的隧道，弯腰爬行，隧道尽头就是一个巨大的厅室，一个钟乳石倒悬在中间。于质夫啧啧称赞："真是鬼斧神工啊！"

大厅在火光照耀下，显得辉煌而神秘，仿佛里面有无尽的宝藏。程叔和有些热血沸腾，对大家说："你们知道A城那个传说，咸丰年间湘军围城，城中有老百姓从这个溶洞逃出的故事吧？"

众人应道，听过。程叔和接着说："其实你们只知道一半，更重要的一半你们却不知道——逃出城的不是百姓，而是守城的吴将帅和他的家小、卫队，带走了大量的金银财宝。湘军破城后，为了找到这批财宝，真可谓掘地三尺。据说那么多财宝他们没有全部带出去，在这个溶洞里藏了很多。"

大厅一片寂静，只有火把燃烧的声音。沉寂了几分钟后，程叔和声音奇怪地问大家：“你们敢不敢到里面去寻找？”

法师手摇火把，吆喝着，把大家聚拢在一起：“不要走远，赶紧集中在我旁边，火把等会就要燃烧完了。这个大厅有七八个洞口，里面纵横交错，通到四面八方，如果要探险，事先要周密准备，照明、食物、水、睡袋、必备的药物。今天肯定是不行了，下次准备好了，我可以带你们进去。”

吴风世笑着拍打程叔和的肩膀，学着刚才他说话的腔调，然后对于质夫说：“你相信叔和刚才说的话吗？”

“不管我们信不信，也不管以前叔和信不信，但是刚才叔和说这话时，他是真相信的。只要内心里真相信，就会有希望。你们就按法师说的话去做，把探险的准备工作做好，再找找城里的耆老打听当年的情形，或许会有重大发现。倘若我不在 A 城，你们要事先通知我，我一定要赶来参加这个探险活动。”

大家发出开心的笑声，火把也好像燃烧得更加猛烈，溶洞大厅一片明亮。程叔和说：“那我们听法师的，今天就回去吧。质夫，下次我们来探险时，一定会通知你的，如果找到了金银财宝，也有你的一份，你就放心地回上海去吧。”

于质夫哈哈大笑，众人在欢声笑语中钻出了溶洞。洞外晴空万里，秋阳高照，法师的火把此时恰好也熄灭了。下山途中，视野开阔，湖光山色，吹来的阵阵秋风，令他们感到心旷神怡。人生需要希望，于质夫重回A城寻觅的，其实也就是希望。这一次金坑岭之行，对于于质夫，破灭的只是一些幻想，而心中的希望却更加坚实了。

秋天深了，于质夫离开A城的意愿也更加坚决。校园里来了不少学生，马上就要开课了。于质夫觉得如果自己突然离开，虽有一定的理由，但还是有点突兀，学校如果措手不及，会给教学带来一些麻烦。因此他决定与文学院杨院长再谈谈，委婉地把自己的决定告诉他。

办公室里只有杨院长一人，他今天好像比较空闲，见于质夫进来了，招呼于质夫在沙发上坐下。他也坐了过来，两人像老朋友一样聊天。

“王校长到武汉大学去了，那边大学筹建也需要他，蔡元培先生很信任他的。”

“A 省大学这边杨院长就多辛苦了，听说王校长到武大后，你要接任他。”

“这个职位是很辛苦的，你看王校长多劳累。其实八年前我就在 A 城担任省立一中的校长。”

“八年前？我刚从日本留学回来，在 A 城法专教书。”

“我知道你，后来也读过你关于 A 城的小说，写的都是当年发生的事情，很真实，尤其是关于法专陆校长的那部分。”

“你和陆校长很熟？我们那时都很崇拜他的。”

“当年因为A城军阀为了增加军费，克扣教育经费，学生到大南门省议会交涉却被打，造成了死伤。我和陆校长等人急忙赶过去，陆校长性格刚烈，指责军阀马帮办，两人互扇耳光，陆校长的眼镜都被打掉了。那个马帮办气急败坏，指使卫队要枪毙陆校长，在我们这些教员和议员的调和下，事情才得以平息。

“后来陆校长还是被军阀用金钱收买的学生赶走了。临走时他在大礼堂发表演讲，铿锵有力，一身正气，我听了都流眼泪。他为《新青年》撰过稿，和蔡先生、陈先生是一路人，都是新文化运动的倡导者，人生信仰和价值观都非常明晰。

“那一次A城市民的表现也让人感动，为了不让北洋政府派来的省长进城，他们日夜守护江岸。那个李省长悄悄在东门外下船，化装成苦力进城，在省府待了几天，面对A城市民蓬勃的自治浪潮，终于想开了，丢下官印，又化装成苦力走了。”

“我来的时候是十月初，市民运动已是尾声了，不过街上店铺还能看到一些痕迹。”

“是的，那年九月底，A 城市民在黄家操场上举行大会，庆祝自治运动胜利。晚上又是环城大游行，几万人自发参加，历史上没有过的，场面很感人。童子军在前面开道，鼓声雄浑有力，沿途还不断有市民加入，城市被歌声和燃放的礼花、爆竹声笼罩，一直到深夜。

“那段岁月真是茫茫黑夜当中露出的一丝曙光，黑暗中的光明，让我们看到了一点点希望。

“后来受 A 城市民拥戴的许省长上任后，我就赴美留学了。我也一直感激那段岁月，把它视作自己新生命的开始。”

“那个许省长是 A 省本地人，比较开明，精通法学，他和我大哥关系很好，我在 A 城也受过不少他的照顾。”

“于教授，我们要感谢你，你的小说记录了那一段新生的时光，虽然孱弱，在严寒的环境中生长，但毕竟已经发芽了。”

“杨院长，我和你一样，也是在A城开始了我的崭新的生命。我当时从日本回来，学位都没拿到，法专唯才是举，聘我做教授，每个月一百三十块大洋，这是很高的薪水。这一次杨院长聘我，我想都没想就过来了，不是因为你给的薪水高，而是A城于我的生命有着特殊的意义。我这次重回A城，与过去的朋友在一起相聚，内心受到了很大的触动，先前发霉的心灵又开始复苏，注入了新的能量，燃起了新的渴望，而这正是我寻找的。感谢杨院长给了我这次机会，虽然还没有开课，但我重回A城的使命和愿望，已经达到了。”

两人走出办公室，在校园里漫步。这所从前的教会学校，到处都是学生们的欢声笑语。因为男生宿舍还在城外法专旧址，女生宿舍就在学校旁边，所以校园里女生显得特别多，花枝招展的。杨院长心情很愉悦，他对于质夫说：“你看，这就是生机，我们这些做教员的，就是创造一方净土，保护这些生机，而不是横逆它们，阻止它们健康成长。在学校如此，在社会如此，在我们的内心，也是如此。”

“是的，人性本善，个体和社会，都应该在一个宽松和谐的环境中生长。只要没有外力的扭曲，他们都会找到自己的方向。”

杨院长意味深长地看了于质夫一眼，对他说：“于教授，谢谢你到本校任教，你在本校不论多长时间，都是本校历史的荣耀。”

于质夫内心很感激，两人下坡来到足球场跑道边。在圣保罗时代，足球就是这所学校的标志，学校足球队代表A省出征华中运动会，屡获冠军。有两支球队正在足球场上搏杀，一个足球正好滚到了于质夫脚旁边，他飞起一脚，足球在空中转了一个弧度，落回足球场。当于质夫踢完这一脚时，他感觉到自己很年轻，血液流得很欢畅。足球场背景的那些高大的香樟树，浓密的绿叶遮住了蓝天白云，秋风轻轻摇曳树叶，阳光像电波一样在林间扫射。于质夫似乎听到了光的声音，它与心灵的澎湃声几乎合二而一。

于质夫已萌生了离开 A 省大学的念头，且准备不辞而别。与杨院长交谈后，余下的几天，他整天都在忙忙碌碌。他到四牌楼古旧书店淘了几本当地文人的诗文集，对戴南山的《南山集》尤其喜爱。他到省立一中为学生社团做了一次文学讲座，早就答应过他们的，也算兑现了承诺。讲座结束后，他从大西门上城墙，绕城转了一圈，高低错落的城池、稠密的人烟、热闹非凡的市井，令他留恋不已。他又独自一人到大南门杨氏清真牛肉馆，他很喜欢这里的口味，一边喝酒，一边想着昔日的朋友。从金坑寺回 A 城后，他就没有与吴风世、程叔和联系，但是心里一直默默地祝福他们。

他到鹿和班也去过一次，春红、月光、莲霞都跑过来陪他，他们在一起打了一圈牌。于质夫那日黄昏在沙洲芦苇荡给春红说的话，他一直挂在心上，打牌的时候，他故意向春红提起，但是沉浸在麻将中的春红显然记不得，也许逢场作戏多了，真假难辨。于质夫隐隐有些失望，同时又如释重负，心里暗暗道：都是我自作多情！我一直都在自作多情！

他感到A城的那些新朋故旧正在迅速地将他遗忘，他们回到各自的人生轨道，快乐着或痛苦着，他只是一个多余者。在A城他感到有些孤独，这是从未有过的感受。

在大学校园于质夫又碰到过一次杨院长，这一回于质夫觉得杨院长态度有些冷淡，只是随意打了一个招呼，从厚厚的眼镜后射出的眼光显得有些奇怪，似乎诧异于质夫还没走。

于质夫虽然感觉到周围的力量都在期待他离开，但仍然不紧不慢，按照自己的节奏告别 A 城，记忆深处的细节，他自己才懂的一条小巷，此刻都在脑海中翻滚涌现。譬如倒扒狮街与大墨子巷交会处，某个雨天的傍晚，他在此邂逅一位少女。本来他是在屋檐下避雨的，看见她后，不知不觉走进了雨中，一直跟在她的身后。在南门蜘蛛网般的小巷中，他浑身湿透，但仍然不离不弃，他的眼里，他的心中，他所有的感觉，都是在前面踽踽独行的她，那是希望，那是一团光明，将前面的道路和他的身心温暖地照亮，直到她走进一座明亮的屋子里。同样的傍晚，同样的地点，只是没有雨，他又站在屋檐下，等了半天，没有当年的少女出现。他在南门蜘蛛网般的小巷中穿行，想到永远也见不到她了，竟然有点悲伤，在晚秋的天光中流下了几滴眼泪。

在于质夫离开 A 城前的一天下午，他手上拿着两本书，前往沙洲的芦苇荡。从同安门出城后，他在一个坡上的枯草丛中坐下，从这里可以俯瞰莽莽苍苍的芦苇荡，芦苇在透明的阳光中随着秋风轻轻摇曳，仿佛亘古以来一直如此，延续着开天辟地的洪荒风景。于质夫闭上眼睛躺下，阳光在脸庞上渐渐灼热起来，天空金灿灿的。他想象有一只大鸟飞过，就有一只金色的大鸟飞过；他想象有一艘大轮船突突地驶过来，就有一艘金色的轮船停泊在前面，像一座山峰一样高大巍峨。这时于质夫睁开眼，他发现这些金色的光芒来源于燃烧的烈火，不知什么时候芦苇荡燃烧起来，火势熊熊，煞是壮观。坡上聚集了几个看热闹的人，叽叽喳喳的，一副见怪不怪的样子。

“这里的芦苇荡，每年这个时节都要燃烧一次，自生自灭。”

“烧过以后，土地更加肥沃，明年沙洲的芦苇会更加茂盛。”

“你看，那么多野兔在奔跑，等大火熄灭后，到沙洲去寻找，会有烧死的野兔，肉香喷喷的。”

“我去买一瓶酒，等会边吃肉边喝酒，别提多痛快！”

今天的风向是西南风，风力不大，大火只在芦苇荡一角燃烧，后来慢慢就熄灭了，旁边看热闹的人也慢慢散掉了。于质夫在枯草丛中又呆坐了一个多钟头，空中的烟雾也消散不见了，方才那几个人又出现在芦苇荡燃烧后黑黑的土地上，燃起一堆火，吃着烧烤，发出阵阵欢笑声。于质夫被他们的氛围所感染，很想过去加入他们，但只是想想而已，他已没有认识新朋友的勇气。这次重回A城，他所有的勇气都来源于八年前的“过去”，他沿着时光的路径投入感觉饱满的生活中去，这是他在A城完整的精神领地，而除此之外，他并没有在A城开拓新生活的勇气。

船票是凌晨三点的，于质夫在A省大学宿舍里辗转反侧，一夜都没睡着。当他收拾好行李离开校园时，四周阒寂无声，满天星斗灿烂，白天里高大的香樟树恍惚变成了古怪的树精，投射到足球场的影子如同复活的精灵，在星光下演绎着魔幻世界的故事。从传达室走出校门，门房在昏黄的灯光下打盹，丝毫都没察觉。于质夫心里想，这样正好，免得问东问西，等他们发现时，我已在下水的轮船上沐浴朝阳了。

从三牌楼到四牌楼，御碑亭游乐场静悄悄的，于质夫经过时，分明听到了少女发出的欢快的笑声在耳畔回荡，他已分辨不清是海棠、碧桃的欢笑声，还是春红、月光、莲霞的欢笑声。他屏息聆听，隐隐约约还有她们之间的对话，诉说着隐秘的心思，和对未来的担忧。A城少女的心思，于质夫永远也捉摸不透，留在他心里的，是团团迷雾，让他咀嚼，让他思考，让他永世难以忘怀。在情场上，热恋中的少女永远是胜利者，她们不在乎一城一池之得失，她们在乎的，是要占领所爱的人的内心世界，让他永远记住她，为此忍受痛苦和折磨她们都在所不惜。于质夫重回A城，是她们的胜利；于质夫离开了，她们依然是胜利者。而且，未来还会相见的，这是扯不断的缘分。

出大南门，江畔半边街又是另外一道风景，路上的行人脚步匆匆，有准备接江的船夫，也有等待客人的车夫，都在为生活而奔波。于质夫在城门口站了一会儿，回头瞥了一下顺坡而上的台阶，坡顶就是汉武帝祭拜南岳的登云坡，诸神护佑，于质夫眼神坚定地走出了城门，汇入船夫、车夫还有上下轮船的旅客的洪流。他的步履渐渐加快，耳边的汽笛声嘹亮而悠长，这是出发的召唤。停泊在招商局码头的轮船，载着月光下 A 城朋友们对于质夫的祝福，又要起航。

2018 年 11 月至 2019 年 1 月 3 日